Das Zauberschloss und die Gärten der Feen. Edelsteinmärchen aus Orient und Okzident

zusammengetragen und neu erzählt

von

Freya Thordsen

ISBN: 978-3-96745-053-8

Text & Layout: Freya Thordsen
Lektorat: Thomas Gronewaldt

Inhaltsverzeichnis

Einleitung

Tief im Innern der Erde wurden sie geboren, lange, bevor es Menschen gab. Dort wuchsen sie heran, in glühender Hitze und Drücken, denen kein Gebäude von Menschenhand standhielte, ehe sie von den allgewaltigen Kräften der Natur ganz langsam nach oben gedrückt wurden. Niemand weiß, wann ein Mensch zum ersten Mal einen Kristall in die Hand nahm, aber eines ist gewiss: mit ihrer strahlenden Schönheit und Klarheit faszinieren sie die Menschen seit Jahrtausenden. Kein Wunder, dass man ihnen schon früh auch magische Eigenschaften zuschrieb. Heilend sollten sie wirken, Liebe bringen, vor Tod und bösem Zauber schützen; der Karfunkel sollte im Dunkeln gar heller leuchten als die Sonne und seinen Träger unsichtbar machen.

Leider gibt es den sagenumwobenen Karfunkel nur im Märchen, aber viele seiner kristallenen Brüder stehen ihm an Zauberkraft kaum nach. Vor allem dem Diamanten wurden so viele magische Eigenschaften zugesprochen, dass er sich beinahe mit dem Karfunkel messen kann. Und warum sollte ein Stein, dessen gleißendes Feuer die Augen blendet, nicht auch im Dunkeln leuchten? So viel Schönheit aber weckt Begehrlichkeiten. Gier aber war bekanntlich noch nie ein guter Ratgeber, und so erzählen uns die Märchen und Legenden nicht nur von wundersamen Schätzen, sondern auch von den Gefahren, die auf jenen lauern, der es wagt, nach ihnen zu greifen. Bitter muss der Prinz seinen Griff nach den diamantenen Zweigen der Paradiesbäume bereuen!

Über die Herkunft der Diamanten erzählte man sich die unglaublichsten Geschichten. Die Märchenerzähler Arabiens wussten von einem geheimnisvollen Tal, dessen Boden ganz von Diamanten bedeckt war. Um sie zu gewinnen, warf man die Häute frisch geschlachteter Kühe oder Schafe hinab und wartete, bis diese von riesigen Adlern wieder hinaufgetragen wurden. Mit Steinwürfen wurden die Adler sodann vertrieben – die an dem blutigen Fleisch haftenden Edelsteine aber sammelte man auf.

Weitaus häufiger und vielfältiger indes waren Geschichten über unterirdische Schatzkammern voller Gold und Edelsteine, doch nur wer alle Prüfungen bestand, vermochte, sie zu erringen. Bevor die Helden unserer Geschichten die unermesslichen Schätze, die sie am Grunde des Brunnens finden, genießen können, müssen sie das Tor zur Anderswelt durchschreiten. Die Abenteuer, die sie auf ihrem langen Weg zurück ins Leben bestehen, symbolisieren die Initiation, den schwierigen Weg auf dem Weg vom Jüngling zum Mann.

Die Prinzen und Prinzessinnen der türkischen Märchen sind umgeben von Gold und funkelnden Diamanten, doch dieser Luxus hat einen hohen Preis: Achmeds Vater jagt seinen Sohn in einem Wutanfall davon und will ihn, als er nach Jahren zurückkehrt, ermorden, um die wunderschöne Frau seines Sohns dem eigenen Harem einzuverleiben. Überhaupt – die zukünftigen Bräute der orientalischen Prinzen haben alle eines gemein: sie sind unvergleichlich schön und warten in einem Käfig aus Gold und Edelsteinen auf jenen Einen, der sie befreit. Sie sind keine gewöhnlichen Mädchen, sondern stammen aus dem geheimnisvollen Reich der Feen, wo ihre Väter als Könige herrschen.

Die Heldinnen der europäischen Märchen hingegen müssen aktiv um ihr Glück kämpfen, nachdem sie den Geliebten durch eine unbedachte (unreife) Handlung verloren haben. Erst wenn sie nach jahrelanger, entbehrungsreicher Suche alle Prüfungen bestanden haben, ist es ihnen vergönnt, ihren Liebsten, und damit sich selbst, zu befreien.

Schließlich erinnern uns Märchen auch daran, dass Mut und Fleiß allein nicht genügt, denn ohne göttlichen Segen ist alles menschliche Streben vergebens.

Smaragd

DIE ENTSTEHUNG DER SMARAGDE (INDIEN)

Vor vielen Jahrhunderten erfuhr ein Kaiser, dass der König der Dschinn ein kostbares Gefäß aus edlem Gestein besitze, so groß, dass man darin ein Kind baden könne. Als er das hörte, erwachte in dem Kaiser die Gier. Fortan kannte er nur noch einen Gedanken: Er musste dieses Gefäß haben, koste es, was es wolle! Der Kaiser rief seine Magier zusammen und fragte sie, wie er das bewerkstelligen könne. Da lehrten sie ihn eine Beschwörung, durch die er Macht über die Dschinne erlangen konnte. Der Kaiser zitierte nun den König der Dschinn herbei und befahl, ihm das Gefäß zu bringen. Der Dschinn-König ärgerte sich zwar, aber was sollte er tun? Er musste dem Befehl gehorchen! Er gab also einem seiner Untertanen das kostbare Gefäß und beauftragte ihn, es dem Kaiser zu bringen. Wie der Wind brauste der Dschinn durch die Luft, doch unterwegs traf er auf einen Dämon, der das kostbare Gefäß natürlich auch haben wollte. Während die beiden hoch oben in den Lüften stritten, entfiel das Gefäß den Händen des Dschinn und stürzte zur Erde herab, wo es in 10000 Stücke zerbrach. Diese Stücke aber sind die Smaragde, die man heute auf der Erde findet.

Diamant

DAS GLÜCK KOMMT VON GOTT (BULGARIEN)

Die folgende Geschichte hat sich vor vielen, vielen Jahren zugetragen. Wann es genau war, vermag ich nicht zu sagen, und eigentlich spielt es auch keine Rolle. Vor vielen, vielen Jahren also lebten einmal zwei reiche Brüder. Sie hatten alles erreicht, was ein Mensch erreichen konnte, alles, was man sich wünschen konnte, hatten sie – kurz: sie waren regelrecht übersättigt. So beschlossen sie eines Tages, zu erforschen, ob das Glück von Gott kommt, oder ob jeder Mensch seines Glückes eigener Schmied ist. Um das zu erfahren, nahmen sie viel Geld und begaben sich auf eine Reise. Als sie in ein Dorf kamen, fragten sie die Leute, wer der ärmste im Ort sei. Den ließen sie rufen und sahen, es war tatsächlich ein ganz armer Kerl. Die Brüder gaben ihm 20 Goldstücken – zu jener Zeit ein stattlicher Haufen Geld – und sagten zu ihm: „Nimm es, aber du darfst niemals sagen: Gott sei Dank! Und nun leb wohl!" Darauf gingen sie weiter.

Der arme Mann sah ihnen mit offenem Munde nach, blickte auf das glänzende Gold in seiner Hand, dann wieder in die Richtung, in der die Fremden verschwunden waren ... Träumte er, oder war das Wirklichkeit? Das Geld in seiner Hand war kühl und hart; der obligatorische Bisstest bewies: das Gold war echt! Eilig lief er nach Hause und zeigte es seiner Frau. Anstatt sich jedoch zu freuen, keifte sie ihn an, wie dumm er sei, fremdes Geld anzunehmen, denn wenn er es verbraucht habe, könne er es nicht zurückgeben. „Los, lauf ihnen nach und gib ihnen das Geld wieder!" schalt sie.

Der Mann hörte jedoch nicht auf sie, sondern ging auf den Markt, um dort Waren einzukaufen und damit zu handeln. Er hatte aber an diesem Tag noch nichts gegessen, und so lief ihm das Wasser tüchtig im Munde zusammen, als er an einer Fleischerei vorbeikam. „Ich will wenigstens eine Leber kaufen, damit meine Kinder einmal Fleisch essen können." Er kaufte also eine große Leber, und da Leber bekanntlich schnell verdirbt, machte er sich sofort auf den Heimweg, ohne erst auf den Markt zu gehen. Unterwegs bemerkte er aber einen großen Raben, der lauernd seine Kreise zog. Der hat es doch bestimmt auf die Leber abgesehen! dachte der arme Mann missvergnügt, und da er keinen Beutel trug, steckte er Fleisch unter sein Kleid. Der Rabe aber gab nicht auf und verfolgte ihn bis nach Hause. Kurz bevor er die Tür öffnete, stieß der Vogel herab, riss ihm die Mütze vom Kopf und verschwand damit. Welch ein Unglück! Der arme Mann hatte in der Mütze das ganze Geld verborgen! Er schrie und warf dem gefiederten Räuber Steine hinter her, drohte und schimpfte, aber nichts half. Und damit nicht genug: Als er nach Hause kam, fing seine Frau an zu schimpfen. „So einer bist du! Ich wusste es ja, dass du das Geld an die Adler und Raben verschwenden würdest! Oh gütiger Gott, was soll jetzt aus uns werden! Wie sollen wir das Geld zurückgeben, wenn die Fremden wiederkehren?" Und sie fing an zu weinen.
Monate verstrichen, doch die Fremden schienen wie vom Erdboden verschluckt. Nach einem Jahr glaubten die armen Leute schon, die Fremden hätten das Geld vergessen. Umso mehr erschrak der arme Mann, als er die beiden wunderlichen Männer plötzlich vor sich sah. Sie waren gekommen, um zu sehen, was der Arme mit dem Geld gemacht hätte. Kreidebleich trat der Unglücksrabe

vor die Brüder und erzählte ihnen stotternd, was geschehen war. Zu seiner Verwunderung wurden die reichen Brüder jedoch nicht zornig. Im Gegenteil: Einer von ihnen lächelte sogar ein wenig. Noch mehr staunte der Mann, als sie ihm weitere 30 Goldstücke gaben und sich mit der Ermahnung, ja niemals den Namen Gottes zu nennen, verabschiedeten. Der Arme nahm das Geld mit nach Hause, aber nach der Erfahrung vom letzten Jahr erzählte er seiner Frau nichts davon sondern versteckte es in einem Topf mit Kleie. Dann ging er auf den Markt, um Waren zu suchen und Handel zu treiben.

Während er fort war, kam ein Apfelhändler vorbei, und da die Kinder so bettelten und die Mutter kein Geld hatte, tauschte sie die Kleie gegen Äpfel. Stellt euch den Schrecken und die Verzweiflung des armen Mannes vor, als er am Abend nach Hause zurückkehrte!

Wieder verging ein Jahr, und am Ende des Jahres kamen die beiden Brüder erneut in das Dorf. Der unglückliche Pechvogel erzählte ihnen voller Verzweiflung, was geschehen war, doch auch diesmal zürnten die merkwürdigen Fremden ihm nicht. „Dir ist mit Geld auch nicht mehr zu helfen", meinten sie. „Hier hast du zwei Bleikugeln. Damit kannst du dich und deine Frau wenigstens erschießen, denn es führt ja doch zu nichts." Damit gingen sie. Als der Arme nach Hause zuückkehrte und seiner Frau davon erzählte, blitzten ihre Augen vor Zorn. Sie sagte jedoch kein Wort, sondern griff nach den Kugeln und warf sie irgendwohin auf das Wandbrett. Keiner der beiden ahnte, dass ausgerechnet diese beiden Bleikugeln ihr Schicksal auf wundersame Weise wenden sollten.

Das Haus der armen Leute lag nämlich am Flussufer. Einige Tage nach der denkwürdigen Szene klopften ein paar Fischer an die Tür, denen aus unerfindlichen Gründen Bleikugeln vom Netz abgerissen waren. „Habt ihr kein Blei im Hause?" fragten sie die Frau. Sie wollte schon bedauernd verneinen, als ihr die Kugeln einfielen, die sie so achtlos fortgeworfen hatte. „Wartet ein wenig, ich will sie suchen", bat sie. Die Fischer bedankten sich freudig und versprachen, ihr den ersten Fang, den sie mit den reparierten Netzen einholen würden, zu bringen. Indes – nur ein einziger Fisch verfing sich im Netz. Den aber brachten sie der Frau, die bei sich dachte: Besser als nichts. Abends schuppte die Frau den Fisch, schnitt ihn auf, um Galle und Blase herauszunehmen und den Fisch zuzubereiten, doch wie groß war ihr Erstaunen, als sie im Bauch des Fisches ein Steinchen fand, das leuchtete wie die Sonne. Es war ein Diamant, aber woher sollte die arme Frau das wissen? Für sie war der Stein nur eines: nützlich. Als Lampe nämlich! So legte sie ihn ins Fenster und ging deutlich besser gelaunt ihren abendlichen Pflichten nach. Zufällig wohnte ihrem Haus gegenüber ein Kaufmann, und der wunderte sich nicht schlecht. Merkwürdig, dachte er, nun brennt schon die ganze Nacht das Licht dort drüben! Wie ist das möglich, wenn der Arme noch nicht einmal Brot kaufen kann und seine Kinder hungern? Nach einigen Tagen wurde seine Neugierde so groß, dass er hinüber ging, um zu sehen, was die Quelle des Lichts sein könnte. Wie staunte er, als er sah, dass es ein herrlicher Diamant war – der schönste, den er je gesehen hatte! „Fordere, was du willst!" sagte der Kaufmann zu seinem erstaunten Nachbarn. „Nur gib mir dieses Steinchen." Der arme Mann war ganz verwirrt. Was hatte der Nachbar auf einmal? Er wusste freilich nicht, wie viel der funkelnde Kristall wert war, und so sagte er schlicht: „Gib mir, was es wert ist." Da gab ihm der Kaufmann zehn Goldstücke. Der Arme aber glaubte, der Kaufmann wolle sich einen Spaß erlauben und sagte mit der Unschuld der Einfältigen: „Gib mir, was es wert ist." Darauf bot der Kaufmann zwanzig, fünfzig, ja zuletzt gar hundert Goldstücke, und endlich ging dem Armen im wahrsten Sinne des Wortes ein Licht auf. Er verkaufte den Stein nicht, sondern sagte, er wolle ihn dem Zaren zum Geschenk bringen.

Der Zar staunte nicht schlecht, als er den armen Schlucker in seinen abgetragenen Kleidern vor sich sah. Noch mehr aber staunte er, als der brave Mann ihm mit einfachen und gleichzeitig überaus weisen Worten den Diamanten überreichte. Er sagte nämlich: „Großer Zar, ich habe diesen Stein gefunden, und da ich erfahren habe, dass er sehr kostbar ist, dachte ich bei mir, dass es nur dem Zaren zukommt, ihn zu besitzen. Darum habe ich ihn hergebracht und mache ihn dir zum Geschenk." Gerührt nahm der Zar den kostbaren Diamanten entgegen. „Sage mir, was wünschst du dir dafür?" fragte er, doch der Arme wehrte bescheiden ab. „Nun, sagte der Zar. Ich muss dir aber etwas als Gegengeschenk geben. So ist es Brauch." Darauf antwortete der Arme, dem alles andere als wohl in seiner Haut war, er sei mit allem zufrieden, was der Zar ihm geben wolle. Dem Zar gefielen die schlichten Worte des armen Mannes sehr. Er fragte ihn, woher er käme und womit er sein Brot verdiene, und nachdem er es erfahren hatte, schenkte er dem verblüfften Mann sein Heimatland, auf das er dort wie ein zweiter Zar regieren und Abgaben einziehen sollte, wie es ihm beliebte. Und sogleich schickte er Boten aus, den Leuten zu verkünden, dass ein zweiter

Zar käme und dass sie ihm fortan gehorchen sollten.

Innerhalb eines Jahres war aus dem einfachen, armen Mann ein Zar geworden! Als die reichen Brüder nach Ablauf des Jahres erneut nachsehen wollten, was aus dem Armen geworden war, hatte sich das Dorf auf wundersame Weise verändert. Wem mochte wohl das stolze Haus dort gehören? Nun, wir wissen es! Das Haus gehörte natürlich dem Armen, der nun Zar war. Als er die beiden kommen sah, ließ er sie zu sich rufen. Die reichen Brüder, die nicht wussten, was der Zar von ihnen wollte, gehorchten nur zögernd, doch den Befehl eines Zaren zu missachten kam nicht in Frage. Unsicher traten sie ein, verneigten sich tief und fragten mit zitternder Stimme, warum er sie rufen ließ.

„Erkennt ihr mich nicht?" fragte der Zar zu ihrer Verwunderung. Erstaunt verneinten sie. Da trat der Zar zu ihnen und sagte: „Ich bin jener Arme, dem ihr Geld gabt, um ihn reich zu machen. Ohne Gottes Willen aber zerrann mir das Geld zwischen den Finger. Dann aber habt ihr mir zwei Bleikugeln gegeben, um mich und meine Frau zu töten, und da hat Gott mich erhoben und zu dem gemacht, was ihr sehr. Ihr seht also, das Glück, es kommt von Gott allein!"

Da erkannte der jüngere Bruder seinen Fehler, bat Gott um Vergebung und glaubte fortan, dass nichts auf dieser Erde ohne Gottes Wille geschehe.

DIE ERLÖSUNG – EINE SCHWEIZER SAGE

Die Leute erzählen sich gar manche Geschichte von verwunschenen Jungfrauen, die dazu verdammt sind, so lange ruhelos herumzuspuken, bis eine brave Seele alle

Prüfungen besteht und sie erlöst. Die Zahl solch unerschrockener, frommer Menschen aber ist gering, und so geistern viele Jungfrauen wohl schon tausend und mehr Jahre durch Wälder, Felder und Ruinen. Die Jungfrau in unserer Geschichte jedoch hatte Glück, doch hört selbst: Einst kam ein Jäger bei seinen Streifzügen vom Weg ab und verirrte sich im dichten Unterholz. Viele Stunden lang irrte er umher. Bald hatte er jedes Zeitgefühl verloren, denn das Dickicht war so dicht, dass er noch nicht einmal hätte sagen können, ob es Tag oder Nacht war. Plötzlich tauchte vor ihm eine bleiche Nebgelgestalt auf und streckte ihm ihre weiße Hand entgegen. Der Jäger erschauderte, meinte er doch, es ginge ihm ans Leder. Bald aber fasste er Mut und er ergriff die ihm dargebotene Hand, denn eine innere Stimme sagte ihm, er dürfe sie nicht zurückweisen. Die Hand war eiseskalt! Im gleichen Moment, in dem er sie berührte, standen die Bäume ringsum in Flammen. Schlangen zischten und züngelten, Wölfe heulten, so dass der arme Jäger fast erstarrte vor Angst. Von einem Augenblick zum anderen hatte sich die ganze Welt in ein unwirkliches, gruseliges Panoptikum verwandelt, in dem nur eines real war: die kalte, zarte Hand, die der Jäger nun umso fester ergriff. Bald verstummte das Gekreische und Geheule, die trügerischen Flammen erloschen, und der Wald war still und dunkel als zuvor. Da kam ein kleines, graues Männlein und winkte dem Jäger zu. Es trug ein Körnchen voll mit Gold und funkelnden Diamanten, die strahlten wie die Sonne. Der Jäger aber hielt die Hand fest und bewegte sich nicht einen Schritt.
Da sprang plötzlich ein Wolf vorbei, der ein Kind im Maul trug. Der Jäger erstarrte, als er es erkannte: Es war sein eigenes Kind!

Noch fester umklammerte er die Hand, seinen einzigen Anker in diesem Ozean des Wahnsinns. Als aber der Wolf verschwunden war, veränderte sich die Welt erneut auf wundersame Weise. Die kalte Hand wurde plötzlich warm und weich, und anstelle des Gespensts stand eine holde Jungfrau vor dem Jäger. „Du hast die Prüfung bestanden und mich von einem schrecklichen Fluch befreit", erklärte sie dem verblüfften Mann. „Hierfür sollst du belohnt werden." Mit diesen Worten überreichte sie ihm ein Körbchen – genau jenes, das das Männchen vorhin getragen hatte. Der funkelnde Schein der Diamanten geleitete den Jäger sicher aus dem Wald hinaus. Von nun an war er ein reicher Mann und lebte glücklich bis an sein Lebensende.

DER KAUFMANNSSOHN – EIN MÄRCHEN AUS GENUA

Oh Genua, du Perle des sonnigen Südens! Über alle Meere segeln deine stolzen Schiffe dahin, beladen mit kostbaren Waren aus fernen Ländern. Drei davon nannte ein Genueser Kaufmann sein eigen. Nach langen Monaten kehrten sie glücklich in den Hafen zurück. Der Kapitän des ersten Schiffes berichtete von einem feuerspeienden Berg, an dem er vorbeigesegelt war, der zweite von einem herrlichen Palast, den er auf seiner Reise gesehen hatte. Der dritte aber erzählte, er sei auf einer Insel gewesen, auf der die schönsten Blumen wuchsen. Die Erzählungen weckten die Sehnsucht im Herzen des Kaufmannssohnes. Zu gern wollte er diese Inseln mit eigenen Augen sehen. Der Vater war hoch erfreut über diesen Wunsch seines Sohnes. Es wurde ohnehin höchste Zeit, dass er sich draußen in der Welt umsah; schließlich sollte er einst das

Geschäft übernehmen! Er gab also den Kapitänen den Befehl, seinem Sohn zu gehorchen, und dann segelten sie los. Sie kamen an die erste Insel, wo ein hoher Berg Steine und Asche in den Himmel schleuderte und glühende Lava die Hänge herabströmte, und der Kaufmannssohn staunte. Sie kamen an die zweite Insel, und der Kaufmannssohn konnte sich nicht sattsehen an der Pracht des Palastes. Ohne Zwischenfälle erreichten sie auch die dritte Insel. Da aber geschah das Unglück: Der Kaufmannssohn hatte sich ans Ufer setzen lassen, um einen Strauß der herrlichen Blumen zu pflücken. Doch während er zwischen den duftenden Blumen wandelte, verzog sich die Stirn des Kapitäns, der den Kaufmannssohn auf die Insel begleitet hatte, in Sorgenfalten. Schwere Wolken türmten sich am Horizont; sie verkündeten nichts Gutes. Der Anblick der düsteren Wolken ließ den Kapitän alles andere vergessen; ohne auf den Kaufmannssohn zu warten, ruderte er zurück zum Schiff und ließ den Anker lichten. Der Kaufmannssohn aber blieb auf der Insel zurück. Die einzigen drei Geldstücke, die er bei sich trug, gab er einem Fischer, der ihn dafür zum Festland zurück brachte. Hier fand er bei einem anderen Fischer Aufnahme. Wie groß aber war sein Schrecken, als er hörte, dass er von seiner geliebten Heimatstadt Genua mehr als 3000 Meilen entfernt war!
„Du kannst bei mir bleiben", sagte der Fischer zu ihm, „und auf das Haus aufpassen, während ich nicht da bin. Hier hast du die Schlüssel. Dies hier ist die Stube, hier die Küche, hier die Kammer ... nur in die Stube dort hinten darfst du nicht hinein. Du darfst sie auf keinen Fall öffnen, hörst du!" Der junge Mann versprach es, aber wie heißt es so schön: Nichts ist verlockender als der Reiz des Verbotenen! Trotz der Warnung des Fischers öffnete der

Kaufmannssohn also die bewusste Stube. Auch die Truhe, die darin stand, fiel seiner Neugier zum Opfer. Der Kaufmannssohn öffnete sie und ... staunte, denn in der Truhe lag ein wundervoller Diamant. Bald sollte er erfahren, dass es sich um keinen gewöhnlichen Diamanten handelte (wenn man bei solch edlen Steinen überhaupt von „gewöhnlich" sprechen kann). Der Diamant hatte nämlich die Macht, jeden Wunsch zu erfüllen. Nun, was sich der Kaufmannssohn wünschte, ist leicht zu erraten. Kaum hatte er seinen Wunsch ausgesprochen, stand er in seiner Heimatstadt.

Wie es der Zufall wollte, war der dortige König gerade auf die merkwürdige Idee verfallen, seine Tochter demjenigen zu versprechen, der einen ebenso schönen Palast bauen könne wie er. Der Palast also wird der nächste Wunsch des Kaufmannssohns, und da die Königstochter den jungen Mann nicht gerade hässlich findet, wird geheiratet. Damit könnte unser Märchen schon zu Ende sein, wenn der ursprüngliche Eigentümer des Diamanten nicht gewesen wäre. Der vermeintliche Fischer war nämlich in Wirklichkeit ein Magier, und der verstand in dieser Beziehung keinen Spaß. Als Magier war es ihm ein Leichtes, herauszufinden, wohin sein Gast verschwunden war. Er verkleidete sich also als Lumpensammler und erbat sich von der Prinzessin die alten Kleider ihres Mannes. In deren Taschen steckte – wir ahnen es – der Wunsch-diamant. Frei nach dem Motto: *Rache ist süß!* wünschte sich der Fischer-Magier als erstes das Verschwinden des Palastes.

Als der König am nächsten Morgen aus dem Fenster blickte, sah er Schwiegersohn und Tochter auf der bloßen Erde schlafen! Voller Zorn befahl er, den verdatterten

Prinzgemahl ins Gefängnis zu werfen. Da saß er nun, der arme Tropf, bei Wasser und Brot, und jammerte den Mäusen die Ohren voll. Zum Glück für ihn erfuhr sein Vater, wo er steckte und besuchte ihn. „Ach bring mir doch unsere Katze!" flehte der arme Jüngling. Gegen einen solchen harmlosen Wunsch des Gefangenen hatte auch der König nichts einzuwenden, und so wurde der Stubentiger der Gefährte des einsamen Gefangenen. Der Kaufmannssohn aber hatte seinen Wunsch nicht ohne Grund geäußert: Er selbst hatte die Katze aufgezogen und sie viele Dinge gelehrt. Sie war wirklich sehr klug, diese Katze. So klug, dass sie dem Kaufmannssohn auf seine Bitte hin den Diamanten aus dem Haus des Fischer-Magiers stiebitzte. Was folgt, ist klar: Der Palast wird wiederhergestellt, der hocherfreute König gibt die Prinzessin ihrem Gemahl zurück, und der erklärt nun, was es mit dem wundersamen Diamanten auf sich habe. Gerade als er bei der Stelle angelangt ist, wo der Fischer-Magier den Diamanten raubt, geht dieser am Palast vorüber. Das aufmerksame Kätzchen stößt ein lautes „Miau!" aus, woraufhin auch die anderen auf den Übeltäter aufmerksam werden. Der wird sogleich ergriffen und landet nun dort, wo der Kaufmannssohn zuvor gewesen war – im finsteren Gefängnis. Und damit ist unsere Geschichte nun wirklich zu Ende!

DIE ARMEN SEELEN (FRANKREICH)

Vor vielen, vielen Jahren lebte irgendwo im den Weiten Frankreichs ein Mädchens namens Isabeau. Der Armen war ein schweres Schicksal beschieden, denn ihre Mutter war schon vor Jahren gestorben. Nach Ablauf der vorgeschriebenen Trauerzeit hatte sich der Vater nach einer neuen Frau umgesehen. Liebe spielte dabei keine Rolle; Hauptsache, die Frau brachte ausreichend Geld mit in die Ehe. Nun war Isabeaus Vater nicht eben unvermögend, und da er keine Frau heiraten wollte, die weniger hatte als er selbst, war die Auswahl an Kandidatinnen entsprechend klein. Dennoch – musste es ausgerechnet die alte Seraphine sein, die so bösartig war, dass sämtliche Dorfbewohner einen weiten Bogen um sie machten? Sie aber konnten dem alten Drachen wenigstens aus dem Wege gehen – Isabeau konnte es nicht. Die alte Seraphine tat alles, um ihre Stieftochter zu peinigen und ihr das Leben in jeder Beziehung so schwer wie möglich zu machen.

Nun gab es im Dorf einen braven, fleißigen Burschen namens Peter. Mit dem hatte sich Isabeau mit dem Segen ihrer Mutter verlobt, kurz bevor diese starb. Kaum aber hatte Seraphine das Haus bezogen, wies sie Peter fort und verbot ihm, sich jemals wieder mit Isabeau zu treffen. Nur heimlich konnten sich die jungen Leute noch sehen, doch kaum hatten sie sich am verabredeten Treffpunkt zusammengefunden, eilte Seraphine mit einem großen Prügel herbei, so dass die beiden mit einem verzweifelten Schrei auseinanderfuhren. Während Peter die Flucht gelang, packte Seraphine das Mädchen und prügelte es braun und blau. Die arme Isabeau vergoss bittere Tränen, zumal sie befürchten musste, noch grausamer geschlagen zu werden, wenn sie nach Hause zurückkehrte. In ihrer Angst sah sie nur einen Ausweg: sie musste fort. Fort aus dem heimatlichen Dorf, fort von allem, was sie kannte, fort von ihrem geliebten Peter! Und so ging sie los – einfach so, ohne Ziel und ohne Sinn. Wie in Trance wanderte sie durch Wald und Flur, und als sie endlich aus ihrem schlafwandlerischen Zustand erwachte, fand sie sich mitten auf einer großen Heide wieder. Todmüde ließ sich das arme Mädchen an einem Felsblock nieder und weinte sich in den Schlaf.

Als sie erwachte, war es mitten in der Nacht. Der Mond stand hoch am Himmel, und die Sterne funkelten und blinkten, dass es eine Pracht war. Der Schrei einer Eule ließ Isabeau zusammenzucken. Mit unbarmherziger Klarheit wurde ihr bewusst, dass sie allein war. Allein und verlassen inmitten der endlosen Ebene, in finsterer Nacht, die auf unheimliche Weise lebendig zu sein schien. Um sie herum raschelte, trippelte und schmatzte es, und jedes dieser Geräusche versetzte das unglückliche Mädchen noch mehr in Schrecken.

Wieder ertönte der Schrei der Eule. „Der Unglücksvogel!" wisperte Isabeau schaudernd. Sternschnuppen huschten am Nachthimmel vorbei. Das sind die Seelen der Toten, dachte das Mädchen, die in eine andere Welt gehen.

Da hörte sie von fern eine Kirchturmuhr schlagen. Das Mädchen zählte bis zwölf. Mitternacht! Kaum war der letzte Schlag verklungen, begann rings um Isabeau ein geschäftiges Treiben. Unter jedem Kieselstein krochen kleine Männlein und Weiblein heraus, nicht größer als eine Handspanne. Die Männlein trugen lange, weiße Bärte, die bis zum Boden reichten, und auch die Frauen waren alt und runzelig, aber dafür quicklebendig. Ei, wie das wuselte und wieselte! Es waren Tausende, so viele, wie Hirsekörner auf einen Scheffel gingen. Die kleinen Wichte eilten geschäftig umher und begannen schließlich zu tanzen und zu singen: „Alle frommen Seelen, alle frommen Seelen..."
Das Mädchen wollte fliehen, aber da nahm eines der kleinen Wesen sie bei der Hand und sprach zu seinen

Artgenossen: „Seht, hier ist Isabeau, ein Menschenkind. Sie soll mit uns tanzen und singen." – „Oh ja, tanze mit uns, liebe Isabeau!" rief es aus tausenden Kehlen. Als Isabeau merkte, dass die kleinen Wesen ihr freundlich gesonnen waren, fiel alle Furcht von ihr ab. „Aber wie soll ich mit euch tanzen?", fragte sie verwundert. „Ihr singt ja immer dasselbe!" – „So füge denn etwas hinzu, liebe Isabeau, dann wirst du unsere Leiden beenden. Denn wisse: Wir sind arme Seelen, verdammt, jede Nacht von Mitternacht bis zum Tagesanbruch zu tanzen und zu singen, bis wir unseren Lobgesang zur Ehre des Herrn vollendet haben. Seit hundert Jahren schon arbeiten wir daran. Das, was du soeben gehört hast, haben wir gerade erst ersonnen." Und die armen Seelen flehten sie wieder an: „Fahre fort, liebe Isabeau, fahre fort!" Das Mädchen dachte einen Moment nach, dann nahm es eine der armen Seelen bei der Hand und sang: „Alle frommen Seelen loben Gott den Herren, loben Gott den Herren." Die Seelen begannen in rasender Freude zu tanzen und zu springen, und dabei wiederholten sie in einem fort die Verse des Mädchens. Und Isabeau tanzte mit ihnen, bis der Morgen ergraute. Sie war unendlich müde, aber die Seelen baten sie unentwegt, sie möge fortfahren. „Heute nicht, ihr lieben Seelen", sagte das Mädchen und gähnte. „Aber ich werde wiederkommen, ehe der Hahn viermal gekräht hat."
„Um dir für den Dienst zu danken, den du uns erwiesen hast", sagte die Seele, die ihr die älteste zu sein schien, „stellen wir dir einen Wunsch frei und werden dir gewähren, was immer du willst."
„Gut", erwiderte das Mädchen mit neu erwachter Hoffnung. „Meine Stiefmutter Seraphine will nicht, dass ich mich mit meinem Bräutigam treffe. Wenn es in eurer

Macht steht, so gebt mir ein Mittel, das sie von uns fernhält, wenn ich bei ihm bin." Die Seele zog einen Ring hervor und reichte ihn ihr. „Nimm diesen Ring. Jedes Mal, wenn du ihn an den Finger streifst, wird deine Stiefmutter den unstillbaren Drang verspüren, ihren Kohl zu zählen, und sie wird dafür so lange brauchen, wie du willst." Na wenn das kein Anti-Stiefmutter-Zauber war! Mit neu erwachtem Mut kehrte Isabeau nach Hause zurück.

Als sie heimkam, stand die Sonne bereits hoch am Himmel. Sie begegnete Peter, der, in der Hoffnung, sie zu treffen, auf dem Hof herumstreunte. Der bösen Seraphine, die ihre Augen überall zu haben schien, blieb das natürlich nicht verborgen. Mit einem Stock bewaffnet eilte sie herbei, um das junge Glück auseinander zu prügeln, aber diesmal wusste sich Isabeau zu wehren. Im selben Moment, in dem sie den Ring ansteckte, fiel Seraphine ein, dass es höchste Zeit sei, die Kohlköpfe im Garten zu zählen. Sie ließ den Stock fallen und eilte dem Kohl entgegen. Dort stand sie nun und zählte, und zählte, und zählte ... Stundenlang, tagelang!

Endlich hatten sie Zeit für sich! Am liebsten hätte Isabeau ihren Geliebten nun ständig bei sich gehabt. „Bleib doch noch ein wenig!" bat sie. Peter aber, den sie längst in ihr kleines Geheimnis eingeweiht hatte, war ein wankelmü-tiger Bursche, und so sagte er nach drei Tagen, er hätte Isabeau zwar gerne, aber es gäbe auch noch andere hübsche Mädchen im Dorf. Nach drei Tagen sagte er: „Es lohnt sich nicht, deine Stiefmutter weiter zum Kohlzählen zu schicken. Ich habe keine Lust mehr, zu dir zu kommen. Heute Abend gehe ich mit Miette auf den Ball. Die ist ohnehin viel hübscher als du, und rotgeweinte Augen hat sie auch nicht. Adieu, Isabeau!"

Das arme Mädchen war wie vom Donner gerührt, denn sie liebte ihren Peter von ganzem Herzen. Für ihn aber war sie nur eine Gespielin. „Ach“, seufzte sie. „Der Ring hat mir nur dazu gedient, meine geliebten Peter zu verlieren! Heute Abend noch werde ich ihn den armen Seelen zurückgeben.“ Am Abend begab sie sich erneut auf die Heide und wanderte lange durch die tiefer werdende Dunkelheit. Jedes Geräusch ließ sie zusammenzucken, aber sie bezwang ihre Angst. Als sie den Felsblock erreichte, an dem sie vor drei Tagen eingeschlafen war, war es fast Mitternacht. Bald kamen die amen Seelen unter den Kieselsteinen hervorgekrochen und umringten sie freudig. Sie fassten sie bei der Hand, tanzten mit ihr und sangen: „Alle frommen Seelen, alle frommen Seelen loben Gott den Herren, loben Gott den Herren.“ – „Aber das ist noch nicht genug“, sagte Isabeau. „Oh bitte, liebe Isabeau, sing weiter! Sing uns den Lobgesang“. Und Isabeau sang: „Alle frommen Seelen, alle frommen Seelen, loben den Herren, der die Welt erlösen wird.“ Und die armen Seelen tanzten begeistert und sangen, bis der Tag anbrach. Da trat die älteste Seele vor und sprach: „Erneut hast du uns einen großen Dienst erwiesen, Isabeau. Bitte uns, um was du willst, wir wollen es dir gewähren.“ Da nahm das Mädchen den Ring und gab ihn dem Seelchen zurück. „Ich glaubte, der Ring würde mir helfen, aber er hat mich nur unglücklich gemacht und dazu gedient, dass ich meinen Geliebten verliere. Er zieht mir eine andere vor, die er hübscher findet. Ich möchte schön sein, sehr schön, damit er mich immer liebt.“ Da nahm die Seele ein Halsband und legte es dem Mädchen um. „Geh nun, du bist jetzt schöner als der Tag. Kein Menschenkind kann sich mit dir vergleichen. Aber du wirst so glücklich sein, dass du uns

vergisst. Bitte, komm wieder zu uns zurück; ohne dich können wir niemals unseren Lobgesang vollenden. Bitte, vergiss uns nicht!" Das Mädchen versprach es. „Was auch geschieht, ich komme, ehe der Hahn viermal kräht."
Isabeau machte sich auf den Rückweg ins Dorf, aber aus irgendeinem Grund verirrte sie sich und kam an einem Bauernhof vorbei, wo gerade das Dreschen in vollem Gange war. „Gute Leute, könnt ihr mir den Weg weisen?" rief sie den Dreschern zu. Das aber hätte sie nicht tun können, denn kaum hatten die Drescher sie bemerkt, konnten sie die Augen nicht mehr von ihr wenden. „Oh! Wie ist sie schön!" riefen sie wie im Chor und umschwärmten sie wie die Küken eine Henne. Jeder wollte sie zu ihrem Vater zurückbringen; der eine auf einem Karren, der andere auf einem Esel, der dritte wollte sie sogar heimtragen. Was die Frauen des Hofes davon hielten, brauche ich euch nicht zu sagen. Sie drohten dem Mädchen mit der Faust, fuchtelten mit Besen und Rechen herum und schlugen sie wie eine Straßendirne. Isabeau machte, dass sie fortkam, aber je weiter sie vorwärts kam, desto mehr Männer zog sie hinter sich her. So kam sie ins Dorf. Auch Peter bemerkte sie und bewunderte sie über alle Maßen. Das erweckte in Isabeau dann doch ein gewisses Gefühl der Zufriedenheit – trotz des Ärgers, den die Schar ihrer Bewunderer ihr bereitete. Das Schlimmste aber stand ihr noch bevor. Die böse Seraphine nämlich geriet bei ihrem Anblick fast außer sich vor Wut und stürzte sich auf sie, um sie zu schlagen. Dabei sah sie das Halsband, riss es dem Mädchen vom Hals und legte es sich selbst an. Damit aber hatte sie den Zauber auf sich übertragen und fand sich nun sogleich von einem Schwarm aufdringlicher Verehrer umzingelt. Die Männer

drängelten und pufften, jeder wollte sie sehen – trotz ihres runzligen Gesichts und des dürren Halses schien sie ihnen schöner als der junge Morgen. Und Seraphine, die hässliche, bösartige Alte, wurde von ihnen geknufft, zerzaust und am Brunnenrand halb zerquetscht. Da endlich dämmerte ihr, was die Ursache ihrer Pein war. Sie riss das Halsband ab und warf es ins Wasser. Im selben Moment fiel der Zauber von den Männern ab. Verwundert rieben sie sich die Augen. Was war los mit ihnen? Hatten sie eben wirklich diese Alte…? Pfui Teufel! Sie lachten und spotteten über die bösartige Alte, der sie eben noch die Welt zu Füßen legen wollten, und zerstreuten sich. Seraphine aber rächte sich bitter an der armen Isabeau und prügelte sie, bis das unglückliche Mädchen keinen heilen Flecken mehr am Körper hatte. Das alles wäre noch zu ertragen gewesen, aber selbst Peter war gemein zu ihr. „Du treibst dich nachts draußen rum und ziehst die Männer hinter dir her!" warf er ihr vor. „Übrigens, damit du's weißt: Ich werde nicht mehr zu dir kommen. Ich habe jetzt ein anderes Mädchen, die ist reicher als du!"
Die arme Isabeau weinte Tag und Nacht. Was sollte sie nur tun? „Die Gaben der Seelen haben mir kein Glück gebracht", schluchzte sie. „Warum habe ich keinen Reichtum von ihnen verlangt? Nächste Nacht werde ich sie darum bitten." Abends, als alle schliefen, schlich sie sich aus dem Hof und eilte auf die Heide. Beim zwölften Schlag der Glocke erschienen die Seelchen. „Wir haben schon auf dich gewartet, Isabeau", riefen sie. „Hast du unseren Lobgesang weitergedichtet? Oh sing doch, Isabeau, sing für uns!" Und sie begannen zu singen zu tanzen, und wiederholten die Verse, die das Mädchen sie gelehrt hatte. Von Zeit zu Zeit unterbrachen sie den Gesang, und baten:

„Fahre fort, Isabeau, fahre fort, wir bitten dich!" Das Mädchen dachte lange nach, dann endlich fiel es ihr ein, und sie sang: „Alle frommen Seelen, alle frommen Seelen, loben Gott den Herren, der die Welt erlösen wird, die Guten und die Bösen." Und aus tausenden Kehlchen tönte es: „Alle frommen Seelen, alle frommen Seelen, loben Gott den Herren, der die Welt erlösen wird, die Guten und die Bösen." Bald aber hielten die armen Seelen in ihrem Tanz inne, brachen in Freudenschreie aus und sprangen und hüpften so fröhlich, dass Isabeau trotz ihrer Traurigkeit lächelte. Die ganze Heide schien in einer Welle des Glücks zu schwelgen. Und die armen Seelen riefen: „Wir danken dir, Isabeau, du hast uns erlöst! Unser Lobgesang ist vollendet, nun dürfen wir in die ewige Glückseligkeit eingehen. Sage uns, welchen Wunsch du hast, er soll dir gewährt sein!"

„Mein Liebster zieht eine andere mir vor, weil sie reich ist", antwortete das Mädchen. „Um seine Liebe zu besitzen, möchte ich Reichtum."

„Du sollst ihn haben, du sollst ihn haben" klang es aus tausenden Kehlen. „Du sollst reich sein, reicher als ein König!" Und eine der Selen trat vor, berührte Isabeaus Hand und sprach zu ihr: „Geh, Menschenkind, jede deiner Tränen wird von nun an eine Perle sein oder ein Diamant." Dann trat eine zweite Seele vor und hielt ihr eine kleine Nadel entgegen: „Nimm diese Nadel!" sagte er. „Solange du sie an dein Mieder steckst, wird dir dein Peter in treuer Liebe ergeben sein. Leb wohl, Isabeau, und hab Dank für alles!" Und dann geschah etwas Wunderbares: Im Licht der Morgendämmerung erhoben sich die armen Seelen wie feiner Nebel in den Himmel und verschwanden.

Lange sah das Mädchen ihnen nach. In ihre Trauer, die

kleinen Wesen nicht mehr wiederzusehen, mischte sich die Freude darüber, dass sie nun in die Glückseligkeit eingegangen waren. Dann dachte sie an ihren Peter, und ihr Herz klopfte ganz heftig. Rasch machte sie sich auf den Heimweg. Als sie ins Haus trat, stürzte Serpahine ihr mit geballten Fäusten entgegen und begann sie zu schlagen und zu schimpfen. Isabeau weinte, und jede ihrer Tränen verwandelte sich in eine Perle oder einen Diamanten. Die böse Seraphine stutzte und hielt für einen kurzen Moment inne. Dann begann sie wie verrückt zu tanzen. Reich! Sie war reich! „Los, heul weiter, du Unselige!" keifte sie und schlug mit doppelter Wucht zu. „Weine, so weine doch!" Und Isabeau weinte, und weinte, und weinte. Seraphine füllte Eimer, Zuber, ja sogar die Salzkiste mit ihren kostbaren Tränen, doch dies alles war ihr nicht genug. Unbarmherzig schlug sie das arme Mädchen, und hätte sie gewiss erschlagen, wenn nicht in diesem Moment Peter am Haus vorbeigekommen und Zeuge der grausamen Miss-handlung geworden wäre.

War es der Zauber der Nadel, oder weckte der Anblick seinen Beschützerinstinkt? Fest steht nur eines: Peter sprang vor und zog die Alte von seiner Braut weg. Seraphine aber keifte wie von Sinnen: „Schlag sie, Peter, schlag sie doch, sie weint ja Perlen!" Und sie schrie und tobte, so dass Peter sie nur mit Mühe festhalten konnte. Die böse Seraphine aber keifte und wütete, bis sie der Schlag traf und sie tot zu Boden fiel.

Wenige Wochen später heirateten Peter und Isabeau und jeder sah, wie sehr sie sich liebten. Sie bekamen vierzehn Kinder und waren die reichsten Leute weit und breit. Peter aber kam nie auch nur auf den Gedanken, seine liebste Isabeau zu schlagen, um noch reicher zu werden.

DER DIAMANT DER SCHIESSESCHLANGE (LUXEMBURGER SAGE)

Einst trieb ein Mann des Abends seine Kühe von der Weide nach Hause. Es war ein heißer Tag gewesen, und da die Tiere durstig waren, blieb er an einem Moorweiher stehen, um sie trinken zu lassen. Ausgerechnet zu der Zeit kam auch eine Schießeschlange dorthin.

Schießeschlangen, müsst ihr wissen, sind keine gewöhnlichen Schlangen, was man schon daran sieht, dass sie einen herrlichen Diamanten auf dem Kopf trug. Er strahlte so hell, dass er den ganzen Weiher mit seinem Schein beleuchtete. Der Mann hatte schon viel von den sagenhaften Diamanten der Schießeschlangen gehört: wer einen solchen erringen konnte, hatte für den Rest seines Lebens ausgesorgt. War es möglich? Sollte ihm an diesem Abend so viel Glück zuteil werden? Atemlos wartete der Mann auf das, was geschehen würde - was geschehen musste!

Die Schießeschlange bemerkte den heimlichen Beobachter nicht. Vorsichtig legte sie den Diamanten in das Moos am Weiherufer, denn beim Baden war er nur hinderlich. Dann ließ sie sich genüsslich in das kühle Wasser gleiten und schwamm ein wenig darin herum. Ah, tat das gut!

Indessen schlich sich der Mann heran, griff den Diamanten und trieb eilig seine Kühe nach Hause. Doch er triumphierte zu früh. Als die Schießeschlange ihr Bad beendet hatte und den Diebstahl bemerkte, zischte sie vor Wut und machte sich an die Verfolgung des Schurken. Schwierig war das nicht; im weichen Boden waren die Hufabdrücke der Tiere überdeutlich zu erkennen. Der Mann war schon im Dorf angelangt, als er ein lautes Zischen hinter sich hörte, das rasch näherkam. Hastig rannte er ins Haus und schlug die Tür zu - gerade noch rechtzeitig! So leicht aber gab sich die Schlange nicht geschlagen. Sie tobte und raste vor dem Haus, dass sich die Kinder weinend unter das Bett verkrochen und den Erwachsenen die Haare zu Berge standen. Wieder und wieder warf sich die Schlange mit ihrem schweren Körper gegen die Tür, die unter den wuchtigen Aufprallen bedrohlich knackte. Es war nur noch eine Frage der Zeit, bis das Holz nachgeben würde. In höchster Not warf der Mann seine unermesslich kostbare Beute aus dem Fenster, und das war sein Glück. Kaum wurde die Schießeschlange des Diamanten gewahr, ließ sie von dem Haus ab, setzte sich den Diamanten wieder auf den Kopf und kroch mit einem triumphierenden Zischen davon.

Anmerkung: In den französischen Alpen kennt man eine ähnliche Schlange: die *voivre*. Ihr einziges Auge ist ein strahlender Diamant oder ein Karfunkel, der mitten in der Stirn sitzt.

SARTANKI

Es war einmal, ich weiß nicht wo, ich weiß nicht wann, ein König, der hatte einen Sohn, und wie die meisten Prinzen, so liebte auch dieser Königssohn die Jagd. Jagen durften damals nur die Adligen, und selbst von ihnen nur wenige. Die Jagd auf Hirsche und Rehe gar war nur den höchsten Kreisen vorbehalten – den Fürsten, Grafen, und eben den Königen und ihren Familien. Genau wie heute galten Hirschgeweihe auch damals schon als begehrte Trophäen – nur war es damals wesentlich schwieriger, einen kapitalen Hirsch zu erlegen, denn Gewehre gab es noch nicht.

Eines Tages nun, als der Königssohn mit seinen Dienern der Jagdlust frönte, spürten sie einen Vierzehnender auf – ein Prachtexemplar, wie man es nur selten findet. Als der Hirsch die Jäger bemerkte, flüchtete er in den Wald – der Prinz und seine Diener hinterher. Weiter und weiter ging die wilde Jagd, doch während die Pferde eines nach dem anderen erschöpft stehenblieben, schien der Hirsch keine Müdigkeit zu kennen. Nur der Prinz gab nicht auf, sondern blieb ihm mit seinem treuen Ross dicht auf den Fersen. Plötzlich aber verschwand der Hirsch in einer Höhle. Der Prinz fluchte. Jetzt noch den Hirsch in der Höhle zu suchen, war so gut wie aussichtslos – dazu war es viel zu dunkel, denn die Sonne war längst untergegangen. Aber so leicht gab der Prinz nicht auf. Am Morgen, so nahm er sich vor, würde er den Hirsch schon kriegen. Morgen, aber nicht heute! Der Prinz gähnte herzhaft und legte sich vor dem Höhleneingang schlafen.

Während er im Traum schon das Geweih des kapitalen Hirsches im Triumph nach Hause trug, schlich sich der Hirsch aus der Höhle und legte Zucker und Stroh in den Hut des Prinzen. Am Morgen musste der Königssohn erkennen, dass seine sicher geglaubte Beute entkommen war und machte sich missmutig auf den Heimweg. Seine Diener, die treulich auf ihn gewartet hatten, schlossen sich ihm einer nach dem anderen an. Der Prinz aber fühlte sich von Stunde zu Stunde elender. Als sie schließlich im Schloss ankamen, war er so krank, dass er sich hinlegen musste, doch die erhoffte Besserung trat nicht ein. Im Gegenteil, dem Prinzen ging es von Tag zu Tag schlechter. Die besten Ärzte und Heiler von nah und fern wurden gerufen. Sie begutachteten die Augen des Prinzen, studierten ausgiebig seinen Urin, fühlten seinen Puls – und schüttelten einer nach dem anderen ratlos die Köpfe. Keiner konnte sich die rätselhafte Krankheit des Prinzen erklären.

Nach etlichen Tagen fühlte sich der Königssohn so schwach, dass er glaubte, sterben zu müssen und nur noch einen Wunsch hatte: er wollte noch einmal auf den Basar. Da er zu schwach zum Gehen war, legte man den Prinzen in ein Bett und trug ihn an das Ufer eines kleinen Sees neben dem Basar. Sehnsüchtig sah der Prinz dem bunten Treiben zu, an dem er nun nie mehr würde teilnehmen können. Während er so traurig dahinstarrte, kam ein Kahlkopf vorbei, sah ihn und murmelte zu sich selbst: „Na sieh einer an! Da ist ja der, der sich so in die Sartanki verliebt hat!"

Die Begleiter des Prinzen wurden hellhörig. „He, du da!" riefen sie. „Kannst du vielleicht den Prinzen heilen?"

„Ei, freilich kann ich das. Warum sollte ich es nicht können?" erwiderte der Kahlkopf zu ihrer Verblüffung. Rasch eilte einer der Diener zum König, um ihm die freudige Nachricht zu überbringen. Der König ließ den Kahlköpfigen sofort zu sich rufen. „Die besten Ärzte haben vergeblich versucht, meinen Sohn zu heilen!" sagte er. „Wie willst du vollbringen, was sie nicht vermochten?" Der Kahlkopf ließ sich nicht beirren. „Zuerst", erwiderte er, „seht im Hut des Prinzen nach. Ihr werdet dort Zucker und Stroh finden." Zucker und Stroh? Lächerlich! dachten König und Diener Dennoch ließ der König den Hut holen, nachsehen und tatsächlich, da war Zucker, und da war Stroh! Wie kam das Zeug in den Hut des Prinzen?

„Was sollen wir nun tun?" fragte der König verblüfft. „Ganz einfach", sagte der Kahlkopf. „Wenn Ihr den Prinz mit Sartanki verheiratet, wird er gesund. Wenn nicht, so stirbt

er. Ich kann den Prinzen zu jener Einen führen, die er liebt, doch benötige ich dazu einige Dinge." Der Kahlkopf zählte auf, was er brauchte, und der König ließ sie eilends herbeischaffen. Der Kahlkopf verschwand damit und versprach, nach einer Woche wiederzukommen. Das tat er denn auch – und er brachte zwei Pferde mit. Auf das eine setzte er sich selbst, auf das andere den Prinzen. So ritten sie, bis sie ans Ufer des Meeres gelangten. „Was nun?" fragte der Prinz ratlos. „Wie kommen wir hinüber?" – „Mach dir darüber keine Sorgen", antwortete sein kahlköpfiger Begleiter, zog ein dichtes Netz hervor und reichte es dem verdutzten Prinzen. „Lege es auf deine Augen, Prinz! Wir reiten jetzt auf dem Grund der sieben Meere. Dort wirst du wunderbare Sachen schauen – Korallen, Perlen, Diamanten, Gold und Silber. Aber ich warne dich: Rühre auf keinen Fall etwas davon an! Lass alles so stehen und liegen, wie es ist!"
Gehorsam band sich der Prinz das Netz um die Augen. Dessen Maschen reichten gerade noch aus, um ihn die Umgebung wenigstens ungefähr erkennen zu lassen, aber Feinheiten, nein, die konnte er nicht sehen. Und das war auch gut so, denn nun ritten sie durch das erste Meer, durch das zweite, dritte, vierte, fünfte, sechste und durch das siebente Meer, mitten hindurch durch die schönsten Kostbarkeiten, doch der Prinz konnte sie nicht richtig sehen, und blieb blind für ihre Verlockungen. Als sie das andere Ufer erreichten, nahm der Kahlkopf das Netz von den Augen des Prinzen und steckte es wieder ein. Weiter und weiter gingen sie, bis sie zu einer Stadt gelangten. Dort klopften sie an die Tür einer alten Frau.
„Wirst du von Gott gesandte Gäste aufnehmen?" fragte der Kahlkopf. Die Alte musterte sie von Kopf bis Fuß. „Wenn

ihr von Gott gesandt seid, so heiße ich euch willkommen. Warum sollte ich euch nicht aufnehmen? Aber Speis' und Trank kann ich euch nicht geben. Alles, was ich euch bieten kann, ist ein leeres Zimmer. Wenn euch das passt, so kommt herein!" Der Kahlkopf aber hatte sie längst durchschaut, griff in die Tasche und holte eine Handvoll Gold heraus. Die runzligen Züge der Alten hellten sich merklich auf und sie ließ ein zahnloses Lächeln sehen. Zitternd vor Freude nahm sie das Gold. „Tretet ein, liebe Gäste! Tretet ein! So kommt doch!" schmeichelte sie und führte die beiden Reisenden in ein anderes Zimmer. Dieses aber war nicht leer, sondern warm und gemütlich eingerichtet. Dort tischte sie ihnen eine solche Menge Pilaw auf, dass eine halbe Mannschaft davon hätte verköstigt werden können. Die Männer aßen sich satt, dann fragte der Kahlkopf. „Nun Alte, wie geht's zu in eurer Stadt? Gibt es Recht hier und Gericht?"

„Beides gibt es, wir können nicht klagen", erwiderte die Alte. „Aber eines gibt's, und das ist nicht gut. Sartanki, die Tochter unseres Königs, kann sich in alles verwandeln, was sie will, aber heiraten will sie nicht. Und selbst wenn sie es wollte – ihr Vater bewacht sie eifersüchtiger als seine Augäpfel!"

„Kannst du uns zu ihr führen?" hakte der Kahlkopf nach.

„Warum nicht?" erwiderte die Alte. „Ich gehe ja jeden Tag zu ihr, um ihr die Haare zu richten." Wieder holte der Kahlkopf eine Handvoll Gold aus der Tasche, um dem Verstand der Alten etwas auf die Sprünge zu helfen. Das wirkte Wunder. „Morgen", sagte sie zu dem Prinzen, „gehe ich zur Prinzessin. Du aber nimm einen goldenen Samowar auf die Schulter und folge mir. Wenn du vor das Schloss kommst, preise den Samowar an, als wärest du ein

Händler." Und so geschah es. Die Alte ging ins Schloss und frisierte die Prinzessin, der Prinz aber bot den goldenen Samowar mit lauter Stimme zum Kauf an. Als die spitzen Ohren der Alten seinen Ruf vernahmen, schaute sie zum Fenster hinunter. „Ach!" rief sie mit gespieltem Entzücken. „Sieh mal, Sartanki! Dort unten, dieser Jüngling, ist er nicht schön wie der helle Mond? Wär' es nicht schade, wenn nicht du, sondern eine andere ihn nähme?" Das saß! Sofort ließ die Prinzessin den Jüngling heraufrufen. Als er vor ihr stand, erkannte sie in ihm sogleich den Jäger, der sie in eine Höhle gehetzt hatte, als sie sich als Hirsch im Wald herumtrieb. Sartanki hatte sich vom ersten Augenblick an in ihn verliebt; nur deshalb hatte sie Zucker und Stroh in seinen Hut gelegt. Dann hatte sie den Kahlkopf ausgeschickt, um ihn herbeizulocken.

Als die Alte sah, dass ihr kleines Plänchen aufgegangen war, machte sie sich rasch aus dem Zimmer und ließ die beiden Verliebten allein. „Höre", sagte der Prinz nach einer Weile. „Dein Vater gibt mir ja sowieso nicht freiwillig deine Hand. Am besten ist es, wir fliehen." Sartanki willigte mit Freuden ein und eilte zu ihrem strengen Vater. „Ich bitte dich", sprach sie mit honigsüßer Stimme. „Lass mich doch drei Tage auf die Jagd gehen." Der König hatte nichts dagegen. Im Wald traf sie sich an der verabredeten Stelle mit dem Prinzen und dem Kahlkopf, und ab ging es im gestreckten Galopp, der fernen Heimat zu. Als die drei Tage um waren und die Prinzessin sich nicht zurückmeldete, schöpfte der König Verdacht. Er ließ ihr Zimmer aufbrechen, doch von der Prinzessin war weit und breit nichts zu entdecken. „Da steckt bestimmt die Alte dahinter!" knurrte der König und gab Befehl, sie zu rufen. „Wo ist meine Tochter?" schrie er das verhutzelte

Mütterchen an. „Aber mein König!" erwiderte die Alte verwundert. „Woher soll ich das wissen?" Dem König waren ihre ängstlichen Blicke jedoch keineswegs entgangen, und so prügelte er mit seiner Reitpeitsche so lange auf sie ein, bis die Alte mit der Wahrheit herausrückte. Der König war außer sich vor Wut. „Das sollt ihr mir büßen!" schrie er. „Ich werde eure Stadt dem Erdboden gleich machen!" Rasch ließ er sein Heer zusammentrommeln und zog aus, seine missratene Tochter zurückzuholen und ihren dreisten Entführer und sein Geschlecht zur Rechenschaft zu ziehen.

Inzwischen waren die drei Flüchtigen in der Nähe der Heimatstadt des Prinzen angekommen. Da trafen sie auf dem Wege einen Mann, der auf und ab ging und bald lachte, bald weinte. „Was tust du da?" fragte der Prinz verwundert. „Warum läufst du hin und her und lachst und weinst?"

„Herr. Unser Prinz ist in der Fremde gestorben und heute ist seine Gedenkfeier. Ich weine, weil unser Königssohn gestorben ist, und ich lache, weil ich an die Geschenke denke, die bei seiner Gedenkfeier ausgeteilt werden."

„Was du nicht sagt! Nun, so wisse: der Königssohn, der totgeglaubte, steht vor dir. Und nun lauf zum Schloss und sag es meinem Vater. Beeile dich, dann ist dir eine gute Belohnung sicher."

Das ließ sich der Mann nicht zweimal sagen. Schneller als ein Hochleistungsathlet rannte er zum Schloss und überbrachte die freudige Botschaft. Wie hoch seine Belohnung ausfiel, haben die Geschichtsschreiber nicht aufgeschrieben, aber der schnelle Läufer dürfte für den Rest seiner Tage ausgesorgt haben. Der König zog mit all seinen Ministern und Beratern hinaus, um den geliebten

Sohn und seine Braut zu begrüßen und ließ eine herrliche Hochzeit ausrichten. Als Sartankis Vater nach einiger Zeit mit seinem Heer erschien, ließ ihm der König durch einen Boten folgendes ausrichten: „Warum sollen wir gegeneinander Krieg führen, du und ich? Siehe, ich habe deine Sartanki nach den Regeln des Islam mit meinem Sohn verheiratet und heiße dich als unseren Gast willkommen." Da musste Sartankis Vater wohl oder übel einsehen, dass er zu spät kam. Er nahm das Angebot des Königs an und blieb drei Tage als Gast im Hause seiner Tochter, ehe sie fröhlich und versöhnt Abschied voneinander nahmen.

GOLDÄHRE

Vor langer Zeit lebte irgendwo auf dieser weiten, weiten Welt ein kleines Mädchen. Ihr Haar war so lang, dass es bis auf den Boden reichte, und es glänzte in der Sonne, dass es fast wie Gold aussah! Die Leute nannten sie deswegen bewundernd „Goldähre". Dass die Kleine auch sonst wunderschön war, ist klar. Leider aber hatte sie auch mindestens genauso viele schlechte Angewohnheiten und Fehler, wie sie Haare auf dem Kopf besaß.
Eines Tages saß Goldähre auf der Türschwelle, als sie eine sehr schöne Frau sah, sie geradewegs auf sie zusteuerte. Das Mädchen staunte über die kostbaren Kleider der Frau und die herrliche, mit Perlen und Diamanten besetzte Krone auf ihrem Haupt. Ihr feiner Schleier reichte bis zu den Füßen, und in der Hand trug sie einen Stab aus reinem Elfenbein. Und dann kannte sie auch noch den Namen des Mädchens! „Höre, Goldähre!" sagte sie nämlich. „Dieser Stab ist ein Zauberstab. Wenn du willst, leihe ich ihn dir, aber nur unter einer Bedingung: Bei jedem Wunsch, den

du äußerst, darf ich dir ein Haar fortnehmen, denn siehe, ich bin kahlköpfig und möchte mir eine Perücke aus deinem Haar machen."

Einen Zauberstab könnte ich gut gebrauchen, dachte Goldähre erfreut. Und wenn mich auch jeder Wunsch ein Haar kostet – ich hab' genug davon, also was soll's? „Gib mir den Stab!" sagte sie und sprang auf. „Ich bin mit deiner Bedingung einverstanden.

Kaum hatte sie den Stab aus der Hand der Fremden empfangen, berührte Goldähre die Wand ihres Hauses, und anstelle des bescheidenen Häuschens erhob sich ein herrlicher Palast aus weißem Marmor, in dem es von Pagen und Dienern nur so wimmelte. Sie berührte ihr schlichtes Baumwollkleid und verwandelte es in Seide und Samt. Den Eselskarren ihres Vaters verwandelte sie in eine herrliche Karosse mit schneeweißen Pferden. Goldähre wünschte und wünschte und wünschte sich alles, was sie sich jemals erträumt hatte. Was sie dabei nicht bedachte: Jeder Wunsch machte sie um ein Haar ärmer, und bald besaß sie kein einziges Härchen mehr auf dem Kopf und zeigte sich nur noch mit einem dicken Schleier, damit niemand merken konnte, dass sie kahlköpfig war. Oh wie bereute Goldähre jetzt ihre Leichtsinnigkeit, und wie sehr wünschte sie sich, die Zauberin würde zurückkommen! Dann könnte sie sie bitten, den Stab zurückzunehmen und ihr dafür die Haare wiederzugeben. Diese ließ das Mädchen noch eine Weile zappeln, ehe sie wieder zu ihr kam und sprach: „Höre! Du allein hast es in der Hand, dein Haar wieder wachsen zu lassen. Aber so einfach „abgeben und in Empfang genommen!" geht das nicht. Du musst dir deinen Haarwuchs schon durch gute Werke verdienen."

Goldähres Herz machte einen Freudensprung. Von nun an

tat sie Gutes, wo sie nur konnte. Überall wurde sie für ihre Freundlichkeit und Freigiebigkeit gerühmt. Die Leute freuten sich, und auch Goldähre freute sich, denn mit jeder guten Tat wuchsen ihre Haare ein Stückchen mehr. Den Palast ließ sie niederreißen, ihren Reichtum verteilte sie an die Armen. Sie zog wieder zu ihren Eltern und – ja, ihr hört richtig: sie begann zu arbeiten und sich um ihre jüngeren Geschwister zu kümmern. Zeit, in den Spiegel zu schauen, hatte sie bei alldem kaum. Als sie zwischen Kindersitten und waschen endlich einmal dazu kam, stieß sie einen Freudenschrei aus: Sie besaß wieder schönes, dichtes, goldenes Haar! Schließlich kam sie auch ins heiratsfähige Alter, und bald fand sich auch ein junger, schöner Bräutigam. Die beiden heirateten und bekamen viele schöne Kinder, und so lebten sie glücklich und zufrieden viele, viele Jahre lang.

DIAMANTINA – EINE GESCHICHTE AUS MALTA

Vor langer Zeit lebte in einem fernen Land eine Witwe, die hatte zwei Töchter. Die ältere war in jeder Beziehung ganz und gar ein Abbild ihrer Mutter: Beide waren unerträglich stolz und arrogant; kein Wunder, dass niemand sie leiden konnte. Die jüngere Tochter hingegen war das glatte Gegenteil: sie war freundlich und bescheiden, grüßte die Leute und lächelte ihnen zu, so dass jeder sie gern mochte. Kam sie an einem Haus vorbei, luden die Frauen sie oft zu einem Schwätzchen ein. Mit der Witwe und ihrer älteren Tochter hingegen wollte keiner etwas zu tun haben. Die beiden waren nicht nur unzertrennlich, sondern hatten auch ein gemeines Hassobjekt Nummer 1, und das war –

wen wundert's – die jüngere Tochter. Kein Tag verging, an dem sie das arme Mädchen nicht schimpften, schlugen oder sonst in irgendeiner Art und Weise drangsalierten. Oftmals bekam sie nichts weiter als Wasser und Brot, und manchmal nicht einmal das. Dafür musste sie alle Arbeit im Haus verrichten, während Mutter und Schwester in der Stadt spazieren gingen.

Das Haus der Witwe lag etwas abseits der anderen Gebäude und besaß keinen Brunnen, so dass jeder Krug Wasser von der weit entfernten Quelle geholt werden musste. Wem diese Aufgabe bei Wind und Wetter zukam, brauche ich euch nicht zu sagen: Jeden Morgen und jeden Abend musste das gute Mädchen mit einem großen, schweren Krug hinaus und das Wasser nach Hause schleppen.

Einst, als die Kleine wieder einmal mit ihrem schweren Krug zur Quelle unterwegs war, sah sie eine arme, alte Frau auf sich zukommen. Als die Greisin das Mädchen erreichte, redete sie sie an: „Wie heißt du, gutes Kind?" – „Diamantina!" erwiderte das Mädchen freundlich. „Höre, liebe Diamantina", krächzte die Alte. „Ich bin so lange gewandert und komme um vor Durst. Hab Mitleid mit mir und gib mir bitte ein wenig Wasser." Gerne, Groß-mütterchen!" antwortete das Mädchen. „Ich muss es nur schnell holen. Setz dich derweil hier auf diesen Stein hier – ich bin gleich zurück." Damit lief sie zu der Quelle, schöpfte Wasser dort, wo es am klarsten war, und eilte zu der Alten zurück. „Hier hast du kühles, klares Wasser, Großmütterchen!" sagte sie artig. Als die Alte getrunken hatte, erhob sie sich und sprach zu dem überraschten Mädchen: „Ich habe großen Gefallen an dir gefunden, Diamantina. Denn wisse, ich bin eine Zauberin und wollte nur sehen, ob du ein gutes Herz hast. Du hast die Probe bestanden und sollst für deine Güte belohnt werden. Von jetzt an soll jedes Wort, das du sprichst, süß klingen, und mit jedem Wort soll eine Rose oder eine kostbare Perle aus deinem Mund kommen. Leb wohl, liebes Kind!" Mit diesen Worten verschwand die Zauberin wie ein Traumgebilde.

Über all dem war die Zeit wie im Flug vergangen. Schon brach die Dämmerung herein. Diamantina zuckte schuldbewusst zusammen. Die Mutter! Sie würde sehr böse sein, wenn sie so spät erst heimkäme! Das Mädchen eilte zur Quelle, füllte den Krug und lief dann so schnell sie konnte nach Hause. Die Witwe erwartete sie bereits mit der Peitsche in der Hand. „Wo hast du so lange herumgetrieben, du Miststück! Zu nichts bist zu nütze, aber fressen willst du! Da hast du!" Gnadenlos peitschte sie auf das arme Märchen ein. „Verzeih mir, Mutter!" bat Diamantina unter Tränen. „Ich verspreche dir, ich komme nie wieder zu spät nach Hause!" Doch was war das? Aus Diamantinas Mund quollen drei Rosen, zwei Diamanten und zwei Brillanten! Der bösen Frau und ihrer Tochter fiel die Kinnlade herunter.

„Was ist denn das, Diamantina? Woher hast du diese Rosen und diese Perlen? Sag uns doch, du gute Seele, wer hat sie dir gegeben?" Diamantina schluchzte und schniefte und konnte gar nicht glauben, was sie gehört hatte. Noch nie in ihrem Leben hatte die Mutter auch nur ein gutes Wort zu ihr gesagt, und jetzt das! Sie streichelte sie sogar! Diamantinas kleine, tief verletzte Seele war so gerührt, dass das Mädchen all das Böse, was Mutter und Schwester ihr angetan hatten, vergaß und erzählte, was sie im Wald erlebt hatte. Mit jedem Wort aber quoll eine Rose oder eine Perle aus ihrem Mund, bis das ganze Zimmer davon ausgefüllt war. Das dumme Stück! dachte die Witwe missmutig. Diese Gabe hätte meiner älteren Tochter gebührt, und nicht ihr! Aber das konnte man ändern. Von Stund' an würde die Ältere das Wasser holen, nicht die Jüngere!

„Komm mal her!" sagte die Witwe zu ihrer älteren Tochter. „Du würdest dich doch bestimmt freuen, wenn auch aus deinem Munde Rosen und Perlen kämen?" Das Mädchen nickte eifrig. „Du weißt ja, wie du es anstellen musst. Geh Wasser holen, und wenn dich die Alte um Wasser bittet, gib ihr so viel, wie sie will!" Das gefiel der älteren Schwester nun überhaupt nicht. Perlen und Rosen waren ja schön, aber dafür Wasser zu schleppen und eine lumpige Alte zu bedienen...? Die Witwe jedoch blieb hartnäckig und bearbeitete ihre Lieblingstochter so lange, bis sie sich mit einem silbernen Becher murrend und knurrend auf den Weg machte.

Als sie die Quelle erreichte, kam jedoch keine zerlumpte Alte, sondern eine schöne Dame mit kostbaren Kleidern unter einem Baum hervor und sprach zu ihr: „Ich sterbe vor Durst, liebes Mädchen! Ich bitte dich, gib mir ein wenig Wasser!"

Das Mädchen aber fuhr sie wütend an: „Wieso sollte ich? Die Quelle ist doch gleich neben dir. Wenn du Wasser willst, dann bück dich doch selber!" Bei diesen Worten verfinsterte sich das Gesicht der schönen Dame. Als das Mädchen geendet hatte, sprach sie mit zornigen Augen: „Schande über dich! Wie schlecht ist dein Herz! Aber zum Glück ist das nicht mein Problem. Nun, ich will dich für deine Bosheit belohnen: Von nun an soll jedes Wort, das du sagst, so rau klingen, dass die Leute erschrecken, und bei jedem Wort soll eine hässliche Natter aus deinem

Mund kriechen!" Damit verschwand sie. „Pah!" machte das Mädchen, hob den Becher auf und kehrte nach Hause zurück. Die Mutter war extra in den Dachstuhl gestiegen, um ihre Tochter schon von weitem zu sehen. Als sie sie kommen sah, stieg sie rasch herunter und rief: „Nun, was haben wir erreicht, Kind?" fragte sie, als das Mädchen das Haus betrat. „Nichts haben wir erreicht!" schnaubte die Angesprochen und schleuderte den Becher in die Ecke. Im gleichen Moment krochen vier Nattern aus ihrem Mund. „Iiiih! Was ist denn das?" kreischte die Mutter „Wie konnte das geschehen? Daran ist bestimmt Diamantina schuld. Mein armes Täubchen, du! Dieses Biest hat dich verzaubert! Aber warte, dafür soll sie büßen!"Und sofort begann sie, Diamantina mit der Peitsche zu bearbeiten und hätte sie wohl gar totgeschlagen, wenn es dem armen Mädchen nicht gelungen wäre, zu fliehen und sich im Wald zu verstecken.

Nun wollte es der Zufall, dass der Prinz an diesem Tag im Wald jagte und dabei auf das liebliche Mädchen traf. Wie schon sie ist! dachte er, und schon hatte er sich in sie verliebt. „Hab keine Angst vor mir!" bat er das erschrok-kene Mädchen und stieg vom Pferd ab. „Warum weinst du so, holdes Mädchen? Sag, was bereitet dir solchen Kummer?"

„Meine Mutter hat mich geschlagen und fortgejagt, Herr!" schluchzte Diamantina, wobei Rosen und Perlen aus ihrem Munde quollen. Dieses Wunder erstaunte den Prinzen über alle Maßen. Voller Mitleid hörte er Diamantinas Geschichte, und mit jedem Wort gewann er das Mädchen lieber. „Weine nicht mehr, schönes Kind!"" bat er und nahm ihre Hand. „Komm mit auf mein Schloss. Ich möchte dich meinem Vater vorstellen und ihn um seinen

Segen für unsere Hochzeit bitten – wenn du mich willst, versteht sich!" Und ob Diamantina wollte!

Was aus Diamantinas Schwester wurde? Nun, die hatte aus der Lektion der Zauberin nichts gelernt, sondern fuhr fort, jeden und jede zu hassen. Endlich jagte die Witwe sie fort, denn selbst ihr wurde ihre Bosheit zu viel. Eine Weile zog sie ziellos hin und her, aber da sie gar so garstig und boshaft war, wollte ihr niemand etwas zu essen oder ein Dach über dem Kopf geben. Schließlich ging sie zur Quelle, legte sich dort hin und rührte sich nicht mehr, bis sie vor Hunger gestorben war.

Eisenkopf – Ein Märchen aus Ungarn

Es war einmal, irgendwo, irgendwann, ein armer Mann. Seine Frau war früh gestorben und hatte ihn mit einem Söhnchen allein zurückgelassen. Von diesem Tag an wurde das Leben des armen Mannes noch schwerer. Was er mit seiner Hände Arbeit verdiente, reichte kaum für ihn selbst, geschweige denn für zwei Münder. Dennoch tat er sein Bestes, um seinen Sohn so lange zu ernähren, bis der alt genug war, für sich selbst zu sorgen. Als es soweit war, rief er den Knaben zu sich und sagte: „Lieber Sohn, du weißt, wir sind nicht reich. Bisher habe ich dich versorgt, so gut es mir eben möglich war. Jetzt aber ist es Zeit, dass du hinaus in die Welt ziehst und dir Nahrung und Obdach suchst. Gott weiß, ich kann dir nichts mitgeben, außer einem Rat: Bleib immer redlich und fleißig, denn ein treuer Knecht bekommt jeden Tag sein Essen und seinen Lohn. Möge Gott dich segnen und seine schützende Hand stets über dich halten."

Peter steckte also ein Stückchen altes Brot in seinen abgewetzten Ranzen, nahm den derben Wanderstock in die Hand und zog fort. Durch sieben mal sieben Länder wanderte er, um sich einen Dienst zu suchen. Eines Tages begegnete ihm ein alter Mann. Peter zog höflich den Hut und grüßte: „Gott schenke Euch einen guten Tag, Väterchen!" – „Das gleiche wünsche ich Dir, mein Sohn. Wohin des Weges?" – „Ich wandere durch die Welt, um mir einen Dienst zu suchen." Bei diesen Worten schlug ihm der Alte auf die Schulter und sprach: „Das trifft sich gut. Komm mit mir, ich suche einen Knecht."

Mit wenigen Worten ward der Dienstvertrag (und vor allem der Lohn) ausgehandelt, und Peter schlug ein. Fortan lebte er ohne Kummer und Sorgen, denn der Alte gab ihm reichlich Speis' und Trank. Auch war sein Dienst nicht schwer: Alles, was er tun musste, war, zwei Pferde und eine Kuh zu hüten. Nach einiger Zeit aber wurde Peters Herz schwer und er bat seinen Herrn, ihn aus dem Dienst zu lassen. Warum? Ganz einfach: Peter hatte Heimweh! Am letzten Abend gab der Alte ihm eine Nuss und ließ ihn ziehen.

Eigentlich hätte Peter nun mit freudigem Herzen der Heimat entgegen ziehen müssen, aber das Gegenteil war der Fall, denn der Bursche haderte mit sich selbst. Warum hatte er sich nur keinen höheren Lohn ausbedungen? Eine Nuss! Dafür konnte er sich wahrlich nicht viel kaufen! Am besten, dachte er, ich bringe sie gar nicht erst nach Hause. Peter setzte sich also in den Graben, knackte die Nuss, doch was war das! Aus der winzigen Nuss sprangen so viele Pferde, Ochsen und Schafe, dass Peter sie gar nicht alle zählen konnte. Da fing der arme Bursche erst recht an zu jammern und zu klagen. Wie in aller Welt sollte er diese

Menge nach Hause treiben? Peter hätte sich am liebsten in den Hintern gebissen.

Während er so mit sich selbst haderte, kam auf einmal der Eisenkopf daher. „Warum weinst du denn?" fragte er den verzweifelten Burschen. „Ach, Bruder, habe ich denn nicht allen Grund dazu? Mein Herr gab mir zum Lohn für meine Dienste eine Nuss, ich Dummkopf habe sie unterwegs aufgeknackt, und da kam das ganze Vieh heraus, das du hier siehst. Wie soll ich das jetzt nach Hause bringen?"

„Na, mein Söhnchen, da kann ich dir helfen. Ich will dir schon dein Vieh wieder in die Nuss treiben, aber nur unter einer Bedingung: Du musst mir versprechen, niemals zu heiraten." In seiner Lage wäre Peter noch zu ganz anderem bereit gewesen. Hastig willigte er ein. Eisenkopf aber pfiff nur ein Mal, und schon hatten all die Pferde, Ochsen und Schafe nichts eiligeres vor, als sich in die Nuss hinein- zuzwängen. Kaum war der letzte Huf verschwunden, schloss sich die Nuss von selbst. Peter steckte das vermaledeite Ding rasch in die Tasche und marschierte schnurstracks nach Hause. Dort öffnete er die Nuss wieder und ließ das Vieh heraus. Als sein armer Vater das ganze Vieh sah, glaubte er zu träumen. „Ie, in aller Welt, bist du...Peter, das ist ja..." Und dann ließ er sich haarklein alles erzählen: Wie ihn der Alte in Dienst genommen und ihm als Lohn die Nuss gegeben hatte, wie er aus Dummheit beinahe alles verloren hätte, und wie er dem Eisenkopf versprechen musste, niemals zu heiraten, damit dieser ihm das Vieh wieder in die Nuss hineintreibe. Niemals zu heiraten? Was für eine merkwürdige Bedingung, aber es gab Schlimmeres. Und außerdem: man musste ja nicht unbedingt heiraten, um seinen Spaß zu haben! Damit war für den Vater die Sache erledigt.

Nun hatte alle Not ein Ende. Für den Erlös, den sie aus dem Verkauf einiger Pferde und Kühe erzielt hatten, kauften sie ein Haus, einen Weingarten und Ackerland, und da Vater und Sohn klug wirtschafteten, war der Vater bald der wohlhabendste Bauer im Dorf. Nur eines fehlte ihm noch zu seinem Glück. Nach einigen Jahren sagte er deshalb zu sein Sohn, der mittlerweile zu einem stattlichen jungen Mann herangewachsen war: „Peter, mein Sohn, es wird Zeit für dich, ans Heiraten zu denken."

„Aber Vater!" rief Peter, „Hast du vergessen, was ich dem Eisenkopf versprechen musste? Ich kann nicht heiraten!"

„Ach Papperlappapp!" winkte der Vater ab. „Wenn er was dagegen hat, dass du heiratest, so soll er sich's anders einrichten. Außerdem, selbst wenn er herkäme: Im Stall steht ein guter Grauschimmel, gesattelt und gezäumt. Wenn du mit dem davon reitest, wird dich kein Mensch auf Erden jemals einholen können. Irgendwann wird er deine Spur schon verlieren, und sobald er aufgegeben hat, kehrst du nach Hause zurück."

Das leuchtete dem Burschen ein. Er suchte sich also ein hübsches Mädchen, das zu ihm passte, und dann wurde die Hochzeit gefeiert. Ei, war das ein lustiges Tanzen und Schmausen! Mitten in die ausgelassene Stimmung hinein aber platzte der Eisenkopf. „Ah, mein Bruder", rief er zum Fenster hinein. „Hast du vergessen, dass du versprochen hast, nie zu heiraten?" Peter wurde kreidebleich und war von einem Augenblick zum anderen wieder stocknüchtern. Ehe es die überraschten Gäste überhaupt begreifen konnten, sprang er zur Tür hinaus, raste in den Stall und sprengte auf dem Schimmel davon, so dass er längst über alle Berge war, als Eisenkopf sich mit einem Hundegespann an die Verfolgung machten.

Peter sprengte durch Wälder und Felder, über sieben mal sieben Lande, ja selbst über den gläsernen Berg und weit über jene Länder hinweg, in denen das Ferkel mit dem kurzen Schwänzchen wühlt. Wie lange er geritten war, wusste er selbst nicht, doch endlich kam er an ein kleines, weißes Häuschen, das von einer alten Frau bewohnt wurde.

„Gott gebe Euch einen guten Tag, Mütterchen!" grüßte er. „Auch dir, Söhnchen, auch dir. Du sag, was suchst du hier, am Ende der Welt?" – „Ich fliehe, Mütterchen, so weit mein Ross ich trägt." Die Alte wiegte den Kopf. „Wenn du gefehlt hast, so fürchte ich, ist deine Flucht noch nicht zu Ende."

„Ach Mütterchen, ich bin unschuldig!" beteuerte Peter. „Aber der Eisenkopf ist mir auf den Fersen."

„Nun, wenn das so ist ... Eine Weile kannst du hier bleiben. Ich habe ein Hündchen, das fängt an zu bellen, wenn der Eisenkopf noch sieben Meilen entfernt ist." Sie hieß den Burschen Platz nehmen, ging hinaus, machte Feuer im Herd und kochte für ihren Gast.

Es war Peter immerhin vergönnt, sich nach langer Zeit wieder einmal satt zu essen, doch kaum war er fertig, begann das Hündchen zu bellen. „Nun, mein Sohn, das ist das Zeichen. Eile dich, dass du fortkommst!" Peter sattelte sein Pferd und saß auf, doch als er losreiten wollte, hielt ihn die Alte zurück: „Warte noch ein wenig, lieber Sohn, ich will dir noch etwas mitgeben. Damit verschwand sie, um nach kurzer Zeit mit einem Bündel zurückzukommen. „Hier ist ein Tuch und ein Kuchen", sagte sie. „Steck das in deinen Ranzen; du wirst es noch brauchen."

Peter bedankte sich freundlich, steckte die Geschenke der Alten ein und sprengte davon. Er ritt durch sieben mal sieben Länder, überquerte einen weiteren gläsernen Berg, durcheilte ein zweites Mal das Land, wo das Ferkel mit dem Schwänzchen – na, ihr wisst schon – und kam endlich an ein weiteres weißes Häuschen. Auch dieses Häuschen wurde von einer alten Frau bewohnt, die nur auf Peter gewartet zu haben schien. Nachdem sie sich freundlich begrüßt und Peter ihr von seiner Flucht erzählt hatte, lud sie den Jüngling ein, für eine Weile bei ihr auszuruhen, kochte und briet für ihn, und als das Hündchen – ja, auch sie hatte ein Hündchen, das den Eisenkopf schon in sieben Meilen Entfernung witterte – bellte, gab sie ihm ein Tuch und einen Kuchen. „Du wirst beides noch brauchen", sagte sie zum Abschied.

Ihr wundert euch bestimmt, dass Peter gleich zweimal dieselbe Erfahrung machte, oder? Nun, ich will euch dies Rätsel lösen: Die beiden Alten waren nicht nur Schwestern, sondern auch Zauberinnen, und – sie hatten noch eine dritte Schwester, bei der unser Peter nach langer Flucht schließlich ankam.

Sie verköstigte Peter, wie es ihre Schwestern zuvor getan hatten, und als das Hündchen bellte, gab sie ihm ein Tuch und einen Kuchen und sagte: „Jetzt hast du schon drei Kuchen und drei Tücher, denn ich weiß wohl, dass dir auch meine beiden Schwestern solches geschenkt haben. Reite nun sieben Tage und sieben Nächte ohne Pause, dann wirst du im Morgengrauen des achten Tages zu einem großen Feuer gelangen. Dort hinein musst du dreimal mit den drei Tüchern schlagen, dann werden die Flammen vor dir auseinander weichen. Reite ohne Furcht hinein, und wenn du mitten im Feuer bist, so wirf die drei Kuchen mit der linken Hand hinter dich. Mit der linken, hörst du!"

Peter bedankte sich von ganzem Herzen für die Geschenke und den guten Rat, saß auf und sprengte davon. Sieben Tage und Nächte gönnte er weder sich noch seinem Pferd eine Rast, und am Morgen des achten Tages gelangte er an das Feuer, von dem die Alte gesprochen hatte. Dort schlug er dreimal mit den drei Tüchern in die Glut, und wie es die Alte gesagt hatte, wichen die Flammen voneinander, so dass er hindurchreiten konnte. In der Mitte des Feuers warf er die drei Kuchen hinter sich, und jeder von ihnen verwandelte sich in einen großen Hund, die Peter Schwer-wie-Erde, Eisenstark und Höregut nannte. Bei alldem vergaß er jedoch nicht, immer weiter zu reiten, und das war auch gut so, denn kaum hatte er die Flammen hinter sich gelassen, da gelangte auch sein Verfolger am Feuer an. Noch bevor Eisenkopf einen Fuß hineinsetzen konnte, schlugen die Flammen vor ihm zusammen. Der Eisenkopf kochte vor Wut. „Warte nur, du Hundskerl, du Teufelskerl, du vom Wasser ans Land gespülter Vagabund!" schrie er. „Dieses Mal bist du mir entkommen, aber wart's nur ab! Wenn ich dich erwische, wirst du den Tag verfluchen, an dem deine Mutter dich geboren hat!" Damit setzte sich Eisenkopf hin und tat das Einzige, was er in dieser Situation tun konnten: abwarten.

Als Peter sah, dass er für den Augenblick nichts mehr von Eisenkopf zu befürchten hatte, schlug er eine langsamere Gangart ein. Nach einer Weile gelangte er zu einem kleinen, weiß getünchten Haus. Hier stieg er ab, klopfte an und trat ein. Das Häuschen war klein und bescheiden und wurde von einer Frau und einem wunderschönen Mädchen bewohnt. Die Alte saß auf einem Schemel und spann. Das Mädchen aber – oh ihr Engel, was für ein Mädchen! – kämmte sein goldenes Haar. „Seid gegrüßt, liebe Leute!"

sprach Peter. Nachdem die beiden seinen Gruß erwidert hatten, fragte die Alte, nach seinem Begehr. „Ich suche eine Dienst, liebes Mütterchen." Die grauhaarige Alte schlug vor Freude die Hände zusammen. „Dich hat Gott gesandt, lieber Sohn! Ich suche schon so lange nach einem Gehilfen! Bleib nur bei mir, ich nehme dich auf!" Überglücklich willigte Peter ein, und er sollte es nicht bereuen. Er bestellte die Felder, und wenn er gerade Zeit hatte, ging er mit seinen Hunden auf die Jagd. Wenn er dann ein Stück Wildbret nach Hause brachte, wusste es das wunderschöne Mädchen so trefflich zuzubereiten, dass Peter sich alle Finger danach abschleckte. So lebten sie Tag und Tag, und nichts schien ihr friedliches Glück stören zu können.

„Sag, wie konntest du durch das Feuer kommen?" fragte das Mädchen eines Tages, als sie allein zu Hause waren. Ungläubig hörte sie, was Peter ihr über die Tücher erzählte. Konnte es wahr sein? Sie haderte mit sich selbst, doch schließlich siegte die Neugier, und so nahm das Verhängnis seinen Lauf. Als Peter wieder einmal aus war, schlich sie mit den Tüchern zum Feuer und schlug drei Mal hinein. Sofort teilten sich die Flammen, und Eisenkopf, der die ganze Zeit wie eine Spinne auf der Lauer gelegen hatte, raste hindurch. Das arme Mädchen erschrak so sehr, dass es fast die Besinnung verlor. In panischer Angst stürzte sie nach Hause, der Eisenkopf immer dicht auf ihren Fersen. Als das Mädchen die Tür erreichte, brach es vor Erschöpfung zusammen. Ohne das arme Ding auch nur eines Blickes zu würdigen, stieg Eisenkopf über sie hinweg und versteckte sich unter dem Küchenherd.

Bald danach kam Peter von der Jagd nach Hause und entdeckte das ohnmächtige Mädchen vor dem Haus.

Nachdem er die verhängnisvollen Tücher, die sie noch immer umklammert hielt, zu sich gesteckt hatte, hob er die Liebste vorsichtig auf und trug sie ins Haus. Dort legte er sie auf das Bett, küsste sie und rief wohl hundert Mal ihren geliebten Namen, bis sie endlich ins Leben zurückkehrte.

Warum Eisenkopf sich nicht sofort auf Peter stürzte, fragt ihr? Nun, nichts hätte der lieber getan, aber der brave Schwer-wie-Erde hatte sich gleich nach seiner Rückkehr auf den Herd gelegt. So eingepfercht, musste Eisenkopf die ganze Nacht ausharren und konnte von Glück sagen, dass Schwer-wie-Erde ihn nicht erdrückt hatte.

Am nächsten Tag sperrte Peter die Hunde in den Stall, während er selbst in den Wald ging. Kaum hatte Eisenkopf das bemerkt, heftete er sich an seine Fersen. Beinahe zu spät bemerkte Peter seinen Verfolger. Es blieb ihm gerade noch Zeit, auf einen Baum zu klettern.

„Komm herunter, du Galgenstrick!" schrie Eisenkopf. „Komm du mir nur herunter! Weißt du noch, was du mir versprochen hast?"

„Gott steh mir bei!" sagte Peter. „Ich seh schon, es ist aus mit mir. Ich bitte dich nur: Lass mich noch drei Mal rufen!" Eisenkopf, der sich seiner Beute sicher wähnte, schnaubte abfällig. „Meinetwegen kannst du so lange rufen, bis dir die Kehle platzt. Nun, worauf wartet du? Nur zu!"

Das ließ Peter sich nicht zweimal sagen: „Eisenstark! Schwer-wie-Erde! Höregut! Kommt und helft mir!" schrie er aus Leibeskräften. Höregut, der seinen Namen nicht zu Unrecht trug, hörte die Stimme seines Herren und sagte zu seinen Kameraden: „Holla, hört ihr? Der Herr ruft uns." Die anderen beiden aber hörten nichts. „Was du dir nur einbildest", bellte Schwer-wie-Erde. „Weißt du nicht, dass er jetzt beim Essen sitzt?" Und damit gab er Höregut tüchtig eins mit der Tatze. Peter aber schrie wieder: „Eisenstark! Schwer-wie-Erde! Höregut! Kommt und helft mir!"

Jetzt hatte auch Schwer-wie-Erde das Rufen gehört und sagte zu den anderen: „Holla, hört ihr? Jetzt hat uns der Herr aber wirklich gerufen."

„Was du dir einbildest!" kläffte Eisenstark. „Ihr wisst doch beide, dass er zu dieser Zeit am Mittagstisch sitzt!" Damit versetzte er Schwer-wie-Erde eine mit der Tatze, dass dem Hören und Sehen verging.

Peter aber verzweifelte schier, dass seine Hunde sein Rufen nicht gehört hatten. Noch einmal schrie er aus vpller Kehle: „Eisenstark! Schwer-wie-Erde! Höregut! Kommt und helft mir!"

Jetzt endlich hatte auch Eisenstark das Rufen gehört und sagte: „He, ihr habt doch Recht gehabt. Ich sage: gehen wir!" Mit einem Hieb seiner mächtigen Pranken hatte er die Stalltür entzwei geschlagen, und nun hetzten alle drei in die Richtung, aus der das Rufen gekommen war. Laut kläffend fielen sie über Eisenkopf her und zerrissen ihn in tausend Fetzen. Sie verrichteten ihr blutiges Werk so gründlich dass – ihr mögt es glauben oder nicht – jedes Fitzelchen, das von Eisenkopf übrig blieb, nicht größer als ein Mohnkorn war. So kam der Mohn auf unsere Welt.

Aufatmend stieg Peter vom Baum herunter und kehrte zu der Alten und seiner schönen Freundin zurück. Wie gerne wäre er bei ihnen geblieben, aber er hatte ja leider schon eine Frau, und zu der musste er, ob er wollte oder nicht, zurückkehren. Sowohl Peter als auch das Mädchen vergossen bittere Tränen. Die Alte aber schenkte ihm zum Abschied einen schönen goldene Ring mit einem

Diamanten. Es war, wie ihr euch denken könnt, kein gewöhnlicher Ring, oh nein! Der Ring besaß Zauberkräfte, doch das wussten weder Peter noch das Mädchen.

Traurig ritt Peter zu dem Feuer, traurig schlug er die Tücher hinein und ritt hindurch. Als er auf der anderen Seite war, verwandelten sich die drei Hunde wieder in Kuchen, die Peter in seinen Ranzen steckte und auf dem langen Rückweg samt den dazugehörigen Tüchern den drei Schwestern zurückgab. Endlich, nach vielen Wochen, erreichte Peter das heimatliche Dorf. Seine erste Frage, als er die Tür öffnete, war: „Vater, wo ist meine Frau?" Der Vater aber antwortete: „Ach, lieber Sohn, nachdem du hinaus geflohen bist in die weite Welt, wurde die Ärmste ganz traurig und wollte weder essen noch trinken, sondern siechte nur stumm dahin. Es dauerte nicht lange, da konnte sie sich nicht mehr aus dem Bett erheben, und als ein Monat verstrichen war, ist sie vor Sehnsucht gestorben." Als Peter das hörte, weinte er wie ein Kind. Oh, warum musste ihn der Himmel so strafen? Mit der Zeit aber fügte er sich in sein Schicksal und vertraute darauf, dass Gott alles zu einem guten Ende führen würde. Und so war es auch.

Ein halbes Jahr nach seiner Rückkehr hatte Peter einen merkwürdigen Traum. Ihm träumte, er solle den Diamantring, den er in liebevoller Erinnerung an das goldhaarige Mädchen seit seiner Abreise immer an der rechten Hand getragen hatte, an den Ringfinger der linken Hand stecken. Kaum war erwacht, so tat er, was ihm im Traum befohlen ward, und im selben Moment stand das goldhaarige Mädchen vor ihm. Oh war das eine Freude! Mit einem Aufschrei fielen sich die beiden Liebenden um den Hals und küssten sich, bis sie völlig außer Atem waren.

Als sie wieder zu Atem gekommen waren, sagten sie wie aus einem Munde: „Nun bis du mein und ich dein, jetzt und in alle Ewigkeit."

Sofort wurden Priester, Henker und Eisenhut gebracht und nach altem Brauch die Trauungszeremonie vollzogen: Der Priester traute sie, der Henker strich sie mit Ruten aus, und der Blitz fuhr neben ihnen ein, konnte sie aber nie treffen, denn dort lag ja der Eisenhut. Dann wurde große Hochzeit gehalten. Ich selbst war auch dabei und habe Sporen aus Stroh mit Rädchen aus Hafer angehabt. Theiß und Donau waren hinter der Tür in einen Sack gesperrt. Und wie ich dort so meine Späße treibe, da reiß' ich doch tatsächlich mit den Sporen ein Loch in den Sack, und seitdem gibt's die Theiß und die Donau. Und wenn ihr mir nicht glauben wollt, so ist's mir einerlei. Meine Geschichte ist nun aus, so geht nun all' nach Haus. Und wenn sie euch gefallen hat, so bitt' ich euch ihr Leute, so gebt mir einen Groschen heute.

Die Kröte – Ein Märchen aus Polen

Vor langer Zeit lebte irgendwo in der weiten, weiten Welt ein Fürst, der hatte drei Söhne: zwei davon hielt man für klug, der dritte aber galt allen nur als Dummkopf. Als die Söhne erwachsen wurden, rief der Fürst sie zu sich und sagte: „Meine Söhne, ihr habt nun das mannbare Alter erreicht; es ist Zeit, dass ihr euch eine Frau sucht, auf dass sie euch schöne, gesunde Kinder und mir viele fröhliche Enkel schenke. Hier gebe ich jedem von euch einen Pfeil und einen starken Bogen. Geht nun und schießt eure Pfeile ab. Dort, wo eure Pfeile hinfallen, sucht euch eine Braut.

Der Älteste spannte seinen Bogen und schoss. Weit flog sein Pfeil, bis über den Wald hinaus, wo er er mit lautem Klackern auf dem Balkon des Marmorhauses landete. Dort stand eine holde Jungfrau mit goldenem Haar und spann mit ihren zarten, weißen Händen Flachs. Sie war die Tochter eines reichen Ritters. Der war mehr als einverstanden, als der Fürstensohn ihn um die Hand der Schönen bat. Zwar nannte er etliche Burgen sein eigen, aber er war eben nur ein einfacher Ritter. Wenn seine Tochter nun einen Fürstensohn heiratete, brachte ihm das Ruhm und Ehre. Auch der Fürst war mit der Wahl seines Ältesten wohl zufrieden und gab den jungen Leuten seinen Segen.

Der Pfeil des Zweiten fiel weit hinter einem Bach im Schatten einer Linde nieder, wo eine schwarzgelockte Jungfrau Honig sammelte. Sie war die Tochter eines wohlhabenden Landmannes. Auch mit dieser Wahl war der Fürst äußerst zufrieden und gab seinen Segen.

Nun war die Reihe an dem Jüngsten, dem Dummling. Schwirrend flog sein Pfeil davon – und landete in einem schlammigen Teich. Aber es kam noch schlimmer: Als der Jüngling hinausruderte, um den Pfeil zurückzuholen, fand er neben dem Pfeil eine fette, hässliche Kröte, die ihn aus glänzenden Augen erwartungsvoll anstarrte. „Warum musst du ausgerechnet jetzt hier sitzen?" seufzte der Prinz. „Konntest du dir keine andere Stelle aussuchen?" Aber es half nichts. Der Vater hatte ihnen nun mal diese ungewöhnliche Art der Brautschau befohlen, und sein Pfeil war eben neben der Kröte gelandet. So hob der Prinz das feuchte Tier auf und nahm die Kröte zur Frau. Den Spott seiner Anverwandten könnt ihr euch vorstellen. Der Fürst selbst hätte sich nichts lieber gewünscht, als wenigstens dieses eine Mal seinen verhängnisvollen Befehl zurücknehmen zu können, aber das durfte er nicht: Das Wort eines Fürsten war Gesetz!

Nach der Hochzeit brachte der Prinz seine Krötenfrau nach Hause, setzte sie auf sein Bett und befahl seinen Leuten, ihr zu dienen. Da kam der Namenstag der Fürstin heran. Zu jener Zeit war es üblich, aus diesem Anlass weißes Brot zu schenken, und so buken die Frauen der beiden älteren Brüder zwei schöne, weiße Brote.

„Ach, wir Ärmsten!" jammerte der Jüngste in seinem Hause. „Jede gute Schwiegertochter schenkt ihrer Schwiegermutter ein gutes, weiße Brot. Aber wie willst du das fertigbringen? Du hast ja nicht einmal Hände!" Die Kröte aber schaute ihn aus klugen Augen an und tröstete ihn: „Sei nicht traurig, liebes Männchen. Auch ich versteh mich aufs Backen, wirst schon sehen." Sie zwinkerte, und im Nu erschienen sieben Mägde und buken viel mehr schöne, weiße Brote als die anderen beiden Schwiegertöchter zusammen. Strahlend vor Glück schickte der Prinz es seiner Mutter als Geschenk seiner Frau, und alle wunderten sich sehr. Die Frauen der beiden älteren Fürstensöhne aber wurden neidisch und begannen, wunderschöne Gürtel aus Gold und Silber zu sticken, um sie der alten Fürsten zum Geschenk zu machen. Es waren wirklich ganz herrliche Gürtel! Die Fürstin war so entzückt, dass sie Tränen vor lauter Rührung vergoss. Wieder weinte der jüngste Prinz bittere Tränen, doch die Kröte sagte zu ihm: „Sei nicht traurig, liebes Männchen. Auch ich sticke dir einen schönen Gürtel, den bringst du deine Mutter als Geschenk."

Und wieder erschienen die sieben Mägde und stickten einen herrlichen Gürtel aus Gold und Silber, funkelnden

Diamanten und glänzenden Perlen. Als die alte Fürstin ihn sah, kannte ihre Freude keine Grenze.

Am Namenstag der Fürstin saßen die Frauen ihrer älteren Söhne hübsch herausgeputzt neben ihr. Traurig starrte der Jüngste aus dem Fenster hinaus. Wie gerne wäre er ebenfalls aufs Fest gegangen, aber wie sollte er sich mit seiner Krötenfrau dorthin wagen?

„Wir werden auch hingehen", sagte die Kröte. „Geh nur voraus, liebes Männchen, und wenn es regnet, so sag, dass deine Frau badet. Wenn es blitzt, so sage, dass deine Frau sich putzt, und wenn es donnert, so sage, dass sie angefahren kommt." Hin und hergerissen zwischen Zweifel und Hoffen eilte der Prinz zum Fest und wünschte der Mutter Glück und Segen. Die Tische wurden aufgestellt, die ersten Speisen hereingebracht. Da fing es leise an zu regnen. Der junge Fürst sah zum Fenster heraus und sagte laut vernehmlich: „Jetzt badet mein liebes Weibchen!" Alle Augen wanderten zum Fenster, und alle dachten: „Was für ein Unsinn!"

Es blitzt, und der Prinz sagt: „Jetzt kleidet sich mein Weibchen an!" Es donnert – er ruft: „Jetzt kommt mein Weibchen angefahren." Nun sind die Gäste aber doch neugierig. Alles blickt zur Tür, aber was ist das! Keine Kröte, sondern eine strahlend schöne Frau kommt herein! Die Eltern und der Prinz sind ganz hingerissen von ihr, während die anderen beiden Schwiegertöchter gelb vor Neid werden. Jetzt endlich dämmert es dem Prinzen. Natürlich! Das ist es! Während sich die Fürstin angeregt mit ihrer bezaubernden Schwiegertochter unterhält, läuft er schnell noch Hause. Im Festsaal wird indes gelacht und geschwatzt, und natürlich fleißig getrunken. Nach einer Weile kehrte der Prinz zurück und rief seiner wunderschönen Frau freudestrahlend zu: „Ich habe die hässliche Krötenhaut verbrannt!" Mit einem wehklagenden Schrei sprang die Prinzessin auf. Ihr ganzer, lieblicher Körper wurde plötzlich von Flammen eingehüllt, und sie sprach traurig: „Hättest du nur noch wenige Tage gewartet, so wäre ich erlöst gewesen und hätte als Mensch unter Menschen leben können! Nun muss ich weiter verzaubert bleiben. Lebe wohl!" Und damit löste sie sich in einem Nebelhauch auf und verschwand.

BUKUTSCHICHAN – EIN MÄRCHEN AUS DEM FERNEN KAUKASUS

Habt ihr schon einmal vom gestiefelten Kater gehört, der einem armen Müllerssohn zu Ruhm und Reichtum verhalf und ihm die Hand einer Prinzessin verschaffte? Im fernen Kauskasus erzählt man sich eine ähnliche Geschichte, nur ist der gestiefelte Kater dort ein Fuchs, und der Müllerssohn ein armer Müller, den alle nur den Lumpen-Hadsch nannten. Die Mühle des Müllers war nämlich keine Mehlmühle, sondern eine Lumpenmühle. Aus Lumpen, so müsst ihr wissen, machte man damals Papier. Aber da in jener Zeit Kleider so lange getragen wurden, bis sie buchstäblich vom Leibe fielen, war es gar nicht so einfach, genügend Lumpen für die Mühle zu finden. Unentwegt wanderte der Müller durch die Dörfer, um Lumpen zu sammeln. Diese Tätigkeit hatte ihm schließlich auch den Spitznamen eingebracht: Lumpen-Hadsch, der Lumpen-Pilger.

Wieder hatte der Lumpen-Hadsch viele Lumpen getragen, doch als er am nächsten Morgen aufstand, fehlte ein guter Teil, am darauffolgenden Morgen ein weiterer Teil davon. „So kann es nicht weitergehen", grummelte der Müller. „Ich muss diesen verdammten Dieb aufspüren!" Damit versteckte er sich hinter der Tür und wartete ab. Seine Geduld wurde auf keine lange Probe gestellt, denn schon nach kurzer Zeit schlich der Dieb herein. Es war aber nicht etwa ein Mensch, sondern ein Fuchs! „Na warte, du räudiges Luder! Dir werd ich!" rief der Müller, sprang hinter der Tür und warf seinen Knüppel nach dem Fuchs. „Langsam, langsam Müller!" sprach der Fuchs. Der Müller war so verblüfft, dass er in seinem Wüten innehielt. Ein sprechender Fuchs! Wer hatte so etwas je gesehen!

„Kennst du nicht das Sprichwort: schneller Fluss findet das Meer nicht? Wegen der paar Lumpen, die ich dir weggefressen habe, willst du mich umbringen? Lass mich leben, und ich mache dich reich und berühmt. Ich verheirate dich sogar mit der Tochter des Khans! Du musst mir nur eines versprechen: Bis zu meinem Tod musst du mich mit fettem Kurdjuk (so nennt man den Steiß des Fettschwanzschafes) füttern, und wenn ich gestorben bin, musst du mich in einen Kurdjuk legen." Der Müller starrte den schlitzohrigen Räuber ungläubig an und war so verdattert, dass er ohne zu überlegen einwilligte.

Da lief der Fuchs davon und wühlte im Misthaufen herum, bis er eine kleine Münze, einen Abbas, fand. Damit lief er zum jenseitigen Ufer des Flusses, wo der Khan seinen Hof aufgeschlagen hatte. Wie es ihm gelang, an allen Wächtern vorbei bis zum Khan vorzudringen, bleibt sein Geheimnis, aber er schaffte es irgendwie. Verblüfft starte der große Khan den dreisten Eindringling an. „Verzeih, wenn ich so unbescheiden bin, dich um ein Maß zu messen, um Bukutschikhans Silber zu messen", sagte der Fuchs listig. „Ich habe schon überall danach gesucht und konnte nirgends eines auftreiben."

„Bukutschikhan? Nie gehört! Was ist denn das für einer?" fragte der große Khan verwundert. „Doch, den gibt es wirklich!" sagte der Fuchs großsprecherisch. „Ich muss es wissen, ich bin ja sein Wesir!" Damit nahm er das Maß, das der Khan ihm gab, und lief davon.

Abends brachte er das Maß zurück. Zuvor aber hatte der schlaue Fuchs den Abbas in eine Spalte des Holzes gesteckt. „Ich möchte nur wissen, ob an dem Gefasel dieses nichtsnutzigen Fuchses was dran ist", murmelte der Khan und schüttelte das Maß. Da fiel zu seiner Überraschung die Münze heraus. „Hmmm, muss wohl wahr sein", brummelte er nachdenklich. „Aber wer mag wohl dieser Bukutschikhan sein?"

Am nächsten Tag kam der Fuchs wieder, um sich das Maß auszuleihen, mit dem er diesmal das Gold seines Khans messen wollte. Der listige Rotschwanz hatte nämlich so lange herumgestöbert, bis er irgendwo ein Goldstück aufgetrieben hatte. Damit präparierte er das Maß und brachte es am Abend zurück. „Verzeih, dass ich so spät komme", sagte er mit gespielter Atemlosigkeit. „Aber wir haben den ganzen Tag abgemessen und sind gerade erst fertig geworden." Kaum war er draußen, schüttelte der Khan das Maß und das Goldstück flog heraus. Der Khan staunte noch mehr.

Einige Tage vergingen. Dann kam der Fuchs wieder, um – man höre und staune! – den Khan im Namen seines Herren um die Hand seiner Tochter zu bitten. Der Khan konnte sein Glück nicht fassen; wer möchte schließlich nicht einen solch reichen Schwiegersohn? „Morgen komme ich mit meinem Herrn zu dir", versprach der Fuchs und lief nach Hause.

Am folgenden Tag lieferte der schlaue Fuchs sein Meisterstück. Zuerst fertigte er für Lumpen-Hadschi ein farbenprächtiges Kleid aus Bergblumen und ein Gewehr aus Lindenholz mit Schnüren aus Lindenbast. „Von jetzt an heißt du Bukutschi", schärfte er dem armen Müller ein, der seine merkwürdige Verkleidung ziemlich ratlos betrachtete. „Mach dir keine Gedanken", beruhigte ihn der Fuchs. „Von Weitem siehst wahrlich prächtig aus, und nur darauf kommt es an. Hör mir jetzt genau zu: Der Khan wird dir mit seinem Gefolge bis zum Fluss entgegenreiten. Wenn du durch den Fluss reitest, schreist du ganz laut: „Zu Hilfe, zu Hilfe, das Wasser reißt mich mit!" und tauchst unter. Dann werden dich die Begleiter des Kahns herausziehen, und unsere Sache ist in Ordnung."
Und so geschah es auch. Als Bukutschi in der Mitte des Flusses war, tat er so, als würde ihn die Strömung mitreißen. Der Fluss riss auch tatsächlich etwas mit – nämlich all das bunte Grünzeug, das er anstelle von richtiger Kleidung trug, und genau das hatte der Fuchs beabsichtigt. Als die Reiter des Khans den armen Bukutschi herauszogen, war er so nackt, wie seine Mutter ihn geboren hatten. Sofort boten ihm die Reiter Kleider und Waffen an. Bukutschi zog sie an, und nun sah er wirklich aus wie ein feiner Kerl. Obwohl, irgendwie fühlte sich das alles so ... so fremd an! Er zupfte hier, zupfte da, glättete dort – kein Wunder, schließlich hatte er nie etwas anderes als seinen lausigen Halbpelz zum Anziehen gehabt.
„Was macht er denn da?" fragten die Begleiter des Khans verwundert. „Der tut ja gerade so, als ob er nie zuvor ordentliche Kleider angehabt hätte." - „Das täuscht!" erwiderte der Fuchs und lächelte schlau. „Das Zeug, das er

anhat, gefällt ihm nur nicht." – „Ja, aber aus was waren dann seine Kleider?" fragten die Männer erstaunt. „Er sah ja aus wie ein Regenbogen!"

„Oh!" sagte der Fuchs ganz großspurig. „Die waren über und über mit Diamanten und anderen Edelsteinen besetzt. Mein Herr Bukutschikhan hat viele davon und wird diesem einen nicht hinterhertrauern. Worum es mir leid tut, das ist sein Gewehr. Das hat er von seinen Vorvätern geerbt. Ein prachtvolles Stück! So etwas gibt es heute nicht mehr!" prahlte er und ließ einen abgrundtiefen Seufzer los. „Ja, ja, es muss ja ganz aus Silber gewesen sein!" riefen die Reiter entzückt. „So wie es geglänzt hat!"

Im Palast des Khans konnte Bukutschi seine Verwunderung noch weniger verbergen. Staunend betrachtete er die prachtvolle Decke, den Fußboden, die kostbaren Wandteppiche ... Was für ein prachtvolles Haus! Verwundert fragte der Khan, dem die aufmerksamen Blicke seines Gastes nicht entgangen waren, den Fuchs: „Was ist denn mit ihm los? Er tut ja gerade so, als ob er noch nie ein Haus gesehen hätte." - „Ach nein", antwortete Meister Reinecke. „Es ist bloß – nun, wie soll ich es sagen: Deines gefällt ihm nicht so recht." Nun, dagegen ließ sich nichts machen.

Bukutschi heiratete also die Tochter des Khans. Eine Woche lang dauerte die Hochzeit, dann reiste das frischvermählte Paar mitsamt der prachtvollen Ausstattung der Braut und einer vielköpfigen Eskorte aus Musikern, Sängern, Reitern und Fußvolk ab.

„Ich laufe voraus und richte das Haus her", sprach der Fuchs laut und zwinkerte dabei dem armen Müller alias Bukutschi verschwörerisch zu. Wie dem armen Kerl zumute war, könnt ihr euch vorstellen! Wenn jetzt der ganze Schwindel aufflog...! Er konnte nur hoffen, dass der

Fuchs einen guten Plan hatte.

Und den hatte Meister Reinecke in der Tat. Er lief so schnell ihn seine Beine tragen konnten, bis er auf eine große Viehherde stieß. „He, ihr da!" rief er den Hirten zu. „Wem gehört das Vieh?" – „Dem Drachen" antworteten die Männer.

„Gebt acht!" warnte der Fuchs die staunenden Männer. „Nennt den Namen des Drachen nicht mehr; der ist so gut wie erledigt. Hinter mir kommt das Heer der sieben Könige mit Mörsern und Kanonen, mit Pulver und Blei, um ihn zu töten. Wenn ihr denen sagt, dass ihr für den Drachen arbeitet, schlagen sie euch tot und treiben euer Vieh weg." Die Hirten erbleichten. „Aber ich sage euch was", fuhr der Schlaumeier fort. „Den Khan Bukutschi fürchten sogar die sieben Könige. Wenn euch jemand fragt, wem das Vieh gehört, so behauptet einfach, es sei das Vieh des Bukutschi, dann krümmt euch keiner auch nur ein Haar."

Auf seinem weiteren Weg begegnete der Fuchs der Pferdeherde, der Schafherde und den Schnittern des Drachen, und überall erzählte er seine Geschichte. Schließlich gelangte er zum Palast des Drachen. „Drache!" rief er. „Ich habe deine Gastfreundschaft nicht vergessen und komme, um dich zu warnen. Hinter mir kommt das Heer der sieben Könige, mit Kanonen, Mörsern, Pulver und Blei. Was willst du tun?" Der Drache erschrak. „Ach, was kann ich da machen? Gegen ein solches Heer vermag ich nichts ausrichten! Lieber Fuchs, weißt du kein Versteck für mich?"

„Versteck dich hier!" sagte der Fuchs und zeigte auf einen hohen Heuhaufen, der zufällig mitten im Hof stand. „Nur beeile dich, das Heer ist mir dicht auf den Fersen." In heller Panik schoss der Drache in den Heuhaufen hinein und der

Fuchs zündete ihn flugs an allen vier Ecken an. Der arme Drache schmorte wie eine Wurst in diesem riesigen Feuer.

Unterdessen kam das neuvermählte Paar mit seinem Gefolge nacheinander an den Herden und an den Schnittern vorbei, und überall wurde ihnen auf ihre Frage, wem das alles gehöre, geantwortet: „Dem Bukutschikhan." Das Gefolge kam aus dem Staunen gar nicht mehr heraus, aber am meisten wunderte sich freilich Bukutschi selber. Das ungute Gefühl in seinem Magen verstärkte sich immer mehr. Wenn das mal gut ging!

Schließlich kamen sie zum Schloss des Drachen, der mittlerweile zu Asche verbrannt war. Der Fuchs erwartete sie bereits. Nachdem die Begleiter der Braut sich auf den Rückweg gemacht hatten, richteten sich Bukutschi und seine Frau im oberen Stockwerk häuslich ein, während der Fuchs es sich im Erdgeschoss gut gehen ließ. Für den armen Müller, der auf so wundersame Weise zu Ruhm und Reichtum gekommen war, begann ein Leben im Überfluss. Er musste nichts tun, außer mit seiner Frau zu schlafen, und das tat er verständlicherweise sehr gerne. Alles andere nahm ihm der Fuchs ab. So strich einige Zeit ins Land. Da wollte der Fuchs einmal testen, was Bukutschi von ihm dachte. Er legte sich also mitten in den Hof und stellte sich tot. „Schau, dort liegt unser Fuchs", sagte die Frau zu ihrem Mann. „"Es scheint, er ist verreckt." Bukutschi winkte ab. „Und wenn schon, mir ist's gleich. Ich hab' den Nichtsnutz schon lange satt." Kaum aber hatte er das gesagt, sprang der Fuchs auf und begann zu singen:

> *„Erzähl' ich sie, erzähl' ich's nicht,*
> *Vom Lumpen-Hadschi die Geschicht',*
> *Und von der Lindenflinte,*
> *Vom Müller in der Tinte?"*

Na, da hättet ihr sehen sollen, wie schnell Bukutschi auf die Knie fiel und den Fuchs inständig anflehte, ihn nicht zu verraten! Und wer verzieh ihm großmütig? Richtig, der Fuchs.

Als eines fernen Tages Meister Reineckes Zeit wirklich gekommen war, wickelte ihn Bukutschi feierlich in einen besonders großen Kurdjuk ein, denn man konnte ja nie wissen, ob es nicht wieder eine Finte war.

PRINZ ACHMED - EIN MÄRCHEN AUS DER TÜRKEI

Es war einmal ein Padischah, der, wie manch anderer Herrscher auch, leider eine ganze Rehe von negativen Eigenschaften hatte. Vor allem war er sehr jähzornig, und das war nun wirklich sehr schlimm, denn das Wort eines Herrschers ist Befehl. Nichts und niemand war vor den unkontrollierbaren Zornesausbrüchen des Padischahs sicher – nicht einmal sein Sohn. Einmal wollte er den Jungen in seiner rasenden Wut sogar enthaupten lassen, und hätte es gewiss auch getan, wenn ihn seine Wesire nicht daran gehindert hätten. „O Padischah!" beschworen sie ihn. „Vierzig Jahre haben nur *einen* Tag, und du hast nur dieses *eine* Kind! Lass ihn nicht töten, du könntest es später bereuen!" Das bezähmte den Zorn des Padischah wenigstens so weit, dass er sich damit begnügte, seinen Sohn in die Verbannung zu schicken. Als seine Frau davon erfuhr, rannte sie mit zornesfunkelnden Augen zu ihrem Mann, dem Padischah, und fauchte ihn an: „Wenn mein einziges Kind mich verlassen soll, dann will ich auch nicht mehr hier bleiben!" – „Nun, dein Wille soll geschehen!" erwiderte der Padischah schnippisch. „Ich verstoße dich."

Nach den Gesetzen des Islam war die Ehe damit geschieden, und so mussten Mutter und Sohn die Stadt verlassen. Wohin sie sich wenden sollten, wussten sie nicht, also gingen sie einfach geradeaus. Nach vielen Tagen gelangten sie zu einem See, an dessen Ufer sie sich etwas ausruhten. Während die unglückliche Fürstin im Schatten der Bäume schlief, wanderte der Jüngling am Strand auf und ab. Da erregte ein gleißendes Funkeln seine Aufmerksamkeit. Es war ein schöner, klarer Stein, der so sehr funkelte, dass es die Augen blendete. Der Prinz steckte ihn gedankenverloren ein und kehrte dann zu seiner Mutter zurück. Nachdem sie sich gestärkt hatten, wanderten sie weiter, viele Tage lang, bis sie endlich an die Mauern einer Stadt gelangten. Dort mieteten sie sich ein Haus und ließen sich nieder. Nun hatte es mit dieser Stadt eine besondere Bewandtnis: Der Padischah hatte nämlich bei strengster Strafe verboten, in der Nacht ein Licht anzuzünden. Nach Einbruch der Dunkelheit war es deshalb stockfinster in den Gassen. Der Jüngling legte nun den Stein, den er gefunden hatte, auf den Tisch, und sein Glanz erhellte nicht nur das Zimmer, sondern die ganze Stadt! „Rasch! Steck ihn wieder ein! Du bringst uns noch beide in große Gefahr!" flüsterte die Mutter voller Sorge. Der Jüngling aber winkte ab. „Aber warum denn? Wir zünden doch keine Kerzen an!"
Vielleicht wäre alles auch gut gegangen, wenn nicht der Padischah aus dem Fenster seines Palasts geschaut und den ganz und gar ungesetzlichen hellen Schein wahrgenommen hätte. „Wesir!" rief er. „Schau dir das an! Was hat das zu bedeuten?" Der arme Wesir stotterte schreckensbleich: „G-gros-ser Padischah! I-ich weiß es nicht! I-ich weiß nur, dass das Licht aus einem kleinen

Haus kommt." Sofort wurden Männer ausgeschickt, um der Sache auf den Grund zu gehen. Sie klopften an das Haus und befahlen dem Jüngling, mitzukommen. Nun, mit den Männern des Padischahs war nicht zu diskutieren, also stand der Jüngling auf und folgte ihnen. Man brachte ihn in den Seraj, wo der Padischah bereits auf den Übeltäter wartete. "Wie konntest du es wagen, mein Verbot zu übertreten!" herrschte er ihn an, kaum dass er eingetreten war. Zu seinem Erstaunen schien der Jüngling jedoch kein bisschen eingeschüchtert. Im Gegenteil! "Ich habe Euren Befehl nicht missachtet, oh Padischah!" erklärte er mit fester Stimme. "Der Glanz, den Ihr saht, kam nicht von einer Kerze, sondern von einem Stein." Ungläubig befahl der Herrscher, den Stein herbeizuschaffen. Der Jüngling gehorchte. Was für ein Wunder! dachte der Padischah. Viel zu schade für einen gemeinen Burschen wie den da! Er nahm den Stein kurzerhand an sich und ließ den Jüngling fortjagen. Der dachte allerdings auch nicht im Traum daran, Widerspruch zu erheben. Er war froh, so glimpflich davongekommen zu sein.

"Sieh her!" sprach der Padischah unterdessen zu seinem Wesir. "Ist dieser herrliche Stein nicht eines großen Herrschers würdig?" Der Wesir staunte, strich ein Dutzendmal über seinen langen Bart, und sagte dann: "Mein Padischah, wo ein Stein ist, müssen noch viele andere sein! Fordere von dem Jüngling, der diesen Stein brachte, einen ganzen Sack davon!" Wieder wurde der Prinz in den Palast gebracht. "Woher soll ich die Diamanten denn nehmen, oh großer Padischah?" fragte der Jüngling verwundert. "Nun, das ist deine Sache", meinte der Padischah herablassend. "Aber ich warne dich: Wenn du mir in vierzig Tagen nicht einen Sack voller

Diamanten bringst, lasse ich dir den Kopf abschlagen! Und nun fort mit dir!"

Ratlos erzählte der Jüngling seiner Mutter, was ihm der Padischah aufgetragen hatte. „Habe ich dir nicht gesagt, dass der Stein uns noch Unglück bringen wird?" jammerte sie. „Wo sollen wir so viele Diamanten hernehmen? Einen ganzen Sack! Ei-jai-jai-hai!"

Zwei Tage und Nächte weinte sie sich die Augen wund, dann aber fasste sie sich. „Weinen bringt uns nicht weiter!" sagte sie mit fester Stimme zu ihrem Sohn. „Wir müssen etwas tun!" Nur was? Hilflos sah der Prinz seine Mutter an. „Geh zu der Stelle, wo du den Stein gefunden hast", sagte diese. „Vielleicht findest du dort noch mehr davon."

Es war eine schwache Hoffnung, aber besser als nichts. So schnell er konnte, ritt der Jüngling zum See zurück und suchte dort jene Stelle am Ufer auf, an der er den Stein gefunden hatte. Diesmal aber zeigte kein verräterisches Funkeln die Anwesenheit eines Diamanten an. Während seine Augen suchend umherschweiften, erblickte er in der Ferne einen großen Berg. Von einer unbestimmten Ahnung getrieben, ging der Jüngling schnurstracks darauf zu, stieg auf der einen Seite hinauf und auf der anderen Seite wieder hinab. Dort, am Fuße des Berges, stand ein einsamer Seraj. Neugierig trat der Jüngling ein – und erschrak, denn vor ihm lag ein riesiger, siebenköpfiger Drache. Zum Glück schlief das Untier. Entschlossen riss der Jüngling seinen Handschar aus der Scheide und schlug dem Drachen mit einem Schlag sechs Köpfe ab, so dass das Blut in Strömen aus den Hälsen schoss. „Schlag noch einmal zu, wenn du ein Mann bist!" röchelte der Drache. Der Prinz aber wusste, dass er dies auf keinen Fall tun durfte, und so erwiderte er: „Meine Mutter hat mich auch nur einmal geboren." Damit ließ er den sterbenden Drachen in seinem Blute liegen und schickte sich an, weiterzugehen.

Plötzlich aber ertönte aus dem Inneren des Seraj ein Scheppern und Poltern, und eine helle Stimme rief aufgeregt. „Was soll das werden? Erst tötest du meinen Feind, und dann willst du einfach fort?" Überrascht drehte sich der Jüngling nach der Ruferin um, doch nichts in der Welt hätte ihn auf das, was er jetzt sah, vorbereiten können. Ein wunderschönes Mädchen eilte ihm entgegen und sah ihn aus strahlenden Augen an. „Oh du mein Held!" rief sie. „Zehn Jahre lang hielt mich der Drache hier gefangen. Jetzt bin ich dein! Ich will dir folgen, wo immer du hingehst!" Fast hätte der Prinz das Mädchen freude-strahlend an sich gezogen. Da aber erinnerte sich an den unheilvollen Befehl des Padischahs. „Gern würde ich dich mit mir nehmen", erwiderte er, „doch ich kann nicht. Ich habe jetzt andere Sorgen im Kopf." Das Mädchen aber bettelte und flehte so lange, bis sich der Jüngling erweichen ließ und sie zu seiner Mutter brachte.

Da saßen sie nun, Mutter und Sohn, und grämten sich. Eine wunderschöne Braut war zwar an sich eine feine Sache, aber was nützte einem Mann das schönste Mädchen der Welt, wenn er seinen Kopf verlieren sollte? „Was bedrückt dich so?" fragte das Mädchen. „Ach, frag nicht!" versetzte der Jüngling und seufzte abgrundtief. „Mir kann nur Allah helfen." Und wieder seufzte er abgrundtief. Das Mädchen aber ließ nicht locker, bis er ihr sein Leid klagte. Wer aber beschreibt sein Erstaunen über die Reaktion des Mädchens. Die fiel nämlich keineswegs so aus, wie er erwartet hatte! „Ach du lieber Himmel!" rief die Schöne. „Über solch eine Kleinigkeit grämt ihr euch so sehr? Habt keine Sorge, ich werde euch schon helfen. Jetzt aber bin ich durstig. Bring mir aus der Quelle einen Krug Wasser und lass mich daraus trinken." Der Jüngling schluckte eine unhöfliche Antwort herunter und trollte sich mitsamt dem Krug. Sie ist dein Gast! ermahnte er sich selbst. Sei höflich zu ihr!

„Hier! Das Wasser, das du begehrt hast!" sagte er bei seiner Rückkehr und stellte den Krug nicht eben sanft auf den Tisch. Das Mädchen aber tat, als hätte es den Unwillen des Jünglings nicht bemerkt. Und sie tat noch mehr: Ohne die geringste Scheu streifte sie ihre Kleider ab! „Nun übergieß mich von Kioopf bis Fuß mit dem Wasser!" sagte sie zu dem Jüngling. Der war so verblüfft, dass er gehorchte. Einen Augenblick später fiel er vor Überraschung fast in Ohnmacht, denn sobald das Wasser auf den Körper des Mädchens traf, verwandelte es sich in Diamanten. Bald war der ganze Boden voller glitzernder, funkelnder Diamanten. Der Jüngling lachte und tanzte vor Freude wie ein kleines Kind, und auch die Augen des Mädchens strahlten wie kleine Diamanten. „Nun mach schon!" rief sie lachend. „Sammle die Diamanten zusammen, füll deinen Sack und trag ihn zum Padischah hin!" Nichts tat der Jüngling lieber. Nachdem der Prinz wieder fort war, rief der Padischah den Wesir und zeigte ihm den funkelnden Schatz. „Seht ihr!" sagte der Wesir selbstzufrieden. „Ich hatte recht. Jetzt fordert noch einen Sack Perlen." Sofort ließ der Padischah den Jüngling wieder rufen. Der hatte nach all dem Ärger eigentlich nur einen Wunsch: endlich einmal auszuschlafen! Aber Befehle waren Befehle, was sollte man da machen?

„Woher soll ich so viele Perlen denn nehmen?" rief er voller Verzweiflung. „Das ist deine Sache", meinte der Padischah

schnippisch. „Aber denk dran: Wenn du mir den Sack nicht binnen 40 Tagen herbeischaffst, dann ... du weißt schon!" Traurig schlich der Jüngling nach Hause. Als das Mädchen von dem Wunsch des gierigen Herrschers erfuhr, runzelte sie die niedliche Stirn und sagte: „Diesmal kann ich dir nicht helfen. Aber geh hinter jenen Seraj, in dem ich so viele Jahre gefangen war. Dahinter wirst du noch einen anderen Seraj sehen. Dort findest du, was du suchst."
Hoffnungsvoll machte sich der Prinz auf den Weg. Er fand den zweiten Seraj, tötete den dortigen Drachen, befreite dessen Gefangene und nahm sie mit sich nach Hause. Dieses Mädchen war noch viel schöner als die erste. Auch sie bat um einen Krug Wasser, und als er sie damit übergoss, verwandelte sich das Wasser in Perlen. Der Jüngling sammelte sie ein, brachte den Sack zum Padischah, der freute sich, ließ seinen Wesir kommen, und was meint ihr, was der tat? „Nun", sagte diese Ausgeburt von Bosheit und Gier. „Das ist ja sehr schön. Als nächstes lasst Euch einen Sack Rubine von ihm bringen."
Kriegt der denn nie genug? dachte der Jüngling wehmütig und streunte voller Hoffnung und Bangen nach Hause. „Reite, bis du hinter dem zweiten Seraj einen dritten erblickst", riet ihm das erste Mädchen. „Dort findest du, was du suchst."
Der Prinz ritt also los und, um es kurz zu machen: das ganze Programm wiederholte sich nun zum dritten Mal, Drachen töten und noch schönere Jungfrau befreien inklusive. Diese verlangte zu Hause erneut einen Krug voll Wasser, ließ sich damit übergießen, und das Wasser verwandelte sich in dunkel glühende Rubine.
„Nun, mein Padischah", schmeichelte der Wesir mit honigsüßer Stimme, „seid Ihr wahrlich der reichste

Herrscher auf Erden. Doch schaut Euch Euren Palast an! Verdient Ihr nicht einen viel schöneren? Lasst Euch von dem Jüngling einen Kiosk aus Perlen, Rubinen und Diamanten in der Mitte des Meeres erbauen." Zweifelnd sah der Padischah seinen Ratgeber an. Säcke voller Perlen, Diamanten und Rubine waren die eine Sache, aber so etwas? Der Wesir aber fuhr fort, ihn zu bearbeiten, und so ließ der Padischah den mittlerweile reichlich genervten Jüngling erneut rufen, um ihm seinen vermessenen Befehl aufzubürden. „Oh Allah!" seufzte der Prinz. „Warum habe ich meine Schritte nur in diese Stadt gelenkt?"

Als die Mädchen sein trauriges Gesicht sahen, ahnten sie, dass der Padischah sich wieder eine schier unerfüllbare Aufgabe ausgedacht hatte. „Was will er diesmal?" fragten sie. Er sagte es ihnen. Da sprach das älteste Mädchen: „Mach dich auf den Weg in diese Richtung, bis du zu einem Berg gelangst. Den geh hinauf, und wenn du oben bist, rufe so laut du kannst: „Hadschi Baba!" und wenn dich eine Stimme fragt, so rufe: „Deine älteste Tochter verlangt ihren kleinsten Seraj!" Aber ich warne dich: Wenn du keine Antwort bekommst, ruf ja nicht noch einmal, sonst ist es aus mit dir!" Der Jüngling schrieb sich die Warnung des Mädchens hinter die Ohren und machte sich auf den Weg. Nach einigen Tagen erreichte er den bewussten Berg, stieg hinauf und rief aus voller Brust: „Hadschi Baba!"

„Was willst du?" fragte eine Stimme. „Deine älteste Tochter verlangt ihren kleinsten Seraj!" Da erwiderte die Stimme zu seiner Überraschung: „Ich habe ihn schon besorgt, noch ehe sie ihn verlangte." Beruhigt ritt der Jüngling nach Hause zurück.

Als der Padischah am nächsten Morgen erwachte und zum Fenster hinausschauen wollte, schloss er geblendet die Augen. Wie das funkelte und gleißte! „Was mag das sein?" grübelte er und ließ seinen Wesir rufen. „Der Edelstein-Kiosk in der Mitte des Meeres ist es, der deine Augen so blendet, oh Großmächtiger", antwortete der Wesir. Da versammelte der Padischah alle Wesire und Paschas um sich und nahm sie mit zu dem Kiosk hinüber.

Inzwischen war der Jüngling zu Hause angelangt, doch die Mädchen ließen ihn noch nicht einmal absteigen. „Rasch!" drängten sie. „Reite zum Berg und sage, man soll den Kiosk zurücknehmen!" Diesmal begriff der Prinz sofort und galoppierte wie von Furien gehetzt zurück. Als er seine Bitte vorbrachte, wurde ihm geantwortet: Wir haben ihn schon zurückgebracht.." Da kehrte der Jüngling zurück. Im Meer vor der Stadt funkelte es nicht mehr, denn der Edelsteinkiosk war so plötzlich, wie er aufgetaucht war, wieder im Meer versunken und hatte den Padischah und alle seine Berater mit sich gerissen. Das Mädchen aber sagte zu dem Prinzen: „Nun, mein *Schehzade,* hier können wir nicht bleiben. Lass uns gehen." Und so machte sich der *Schehzade* mit den drei Mädchen und seiner Mutter auf den Weg in seine Heimatstadt.

Sie waren noch nicht lange geritten, als sie am Wegesrand einen lahmen Dew (Dämon) erblickten. Ohne zu zögern wollte sich der Jüngling auf ihn stürzen und ihn töten, aber der Dew flehte ihn an, er möge ihn verschonen. „Vielleicht kann ich dir noch einmal nützlich sein!" beschwor er ihn. Da auch die Mädchen den Jüngling eindringlich baten, den Dew in Ruhe zu lassen, steckte der Prinz seinen Handschar in die Scheide zurück und der Dew schloss sich ihnen an. Schließlich gelangte die kleine Schar die Heimatstadt des

Prinzen. Sie ließen sich vor der Stadt nieder, und damit sie nicht im Freien übernachten mussten, zauberte das älteste Mädchen flugs den prachtvollsten Seraj hin, den die Welt je gesehen hatte.

Als der Vater des Prinzen am nächsten Morgen aufstand und zum Fenster hinausschaute, erblickte er voller Staunen den Seraj. Der war doch gestern noch nicht dagewesen! Auch sein Wesir wusste sich auf die wundersame Erscheinung keinen Reim zu machen. Sofort wurden Männer ausgeschickt, um zu erkundigen, was es damit auf sich habe. „In diesem Seraj wohnt dein Sohn Achmed, der Fingerlose", meldeten die Männer bei seiner Rückkehr. Der Padischah, der seine übereilte Handlung längst bereute, machte sich sofort auf den Weg. Prinz Achmed empfing ihn mit großen Ehren und stellte ihm die drei Mädchen vor, die so schön waren, dass sich nichts auf der Welt damit vergleichen konnte. Der Padischah war ganz verzaubert von ihrer Schönheit, so verzaubert, dass er an nichts anderes mehr denken konnte. Er musste diese bezaubernden Mädchen besitzen, und wenn er dafür ...

„Ich lasse den Jungen umbringen!" sagte er düster. Der Wesir war bestürzt. „Oh Padischah!" rief er beschwörend. „So viele Jahre sind vergangen, seit Ihr Euren Sohn in die Verbannung schicktet! Wer weiß, was er in dieser Zeit alles erleiden musste!" Doch wie sehr der Wesir sich auch bemühte, seine Worte verhallten ungehört. „Ich werde ihn umbringen, sonst finde ich keine Ruhe mehr auf Erden!" – „Nun", seufzte der Wesir endlich, „wenn Ihr es unbedingt haben wollt, so ladet ihn in Euren Seraj und vergiftet seine Speisen."

Das Gesicht des Padischahs hellte sich merklich auf. Sofort schickte er einen Boten mit der Einladung. Prinz Achmed, der nicht ahnen konnte, welch finstere Gedanken im Kopf seines Vaters herumspukten, nahm sie erfreut an. Zum Glück waren die Mädchen weniger leichtgläubig als er. Vor seinem Aufbruch zog das älteste Mädchen einen Ring vom Finger, gab ihn dem Jüngling und sprach: „Wenn du im Seraj angekommen bist, so berühre mit diesem Ring alle Speisen, die man dir vorsetzt. Aber so, dass es niemand merkt!" Der Jüngling teilte das Misstrauen seiner Liebsten zwar nicht, aber da ihre Ratschläge bisher stets weise gewesen waren, nahm er sich vor, ihre Worte auch diesmal zu beherzigen. Er steckte sich den Ring an den Finger und ging in den Seraj seines Vaters. Dort saßen sie eine Weile beisammen und plauderten. Schließlich gab der Padischah einen Wink, und Diener brachten die Speisen herein. Um auf Nummer sicher zu gehen, hatte sich der Padischah nicht mit einem giftigen Gericht begnügt, sondern alle Speisen, die vor dem Prinzen abgestellt wurden, vergiften lassen. Achmed aber berührte jeden Teller mit dem Ring, ehe er mit Genuss davon aß. Den lauernden Blick seines Vaters bemerkte er dabei wohl. Nach dem Essen verabschiedeten sie sich voneinander, und Prinz Achmed kehrte in seinen Seraj zurück. Missmutig sah ihm der Padischah nach. Verdammt, warum starb dieser verfluchte Bastard nicht!

„Wie kann ich es anstellen?" fragte er den Wesir. „Ich warne dich: Dein Rat sollte diesmal besser sein als der letzte!"

„Lade den Prinzen ein, mit dir Tawla zu spielen.", empfahl der Wesir. „Mach mit ihm aus, dass der Verlierer gebunden werden soll. Wenn dein Sohn verliert, so fessle ihm die Arme und lass ihn töten." Das war nun endlich ein Rat so ganz nach des Padischahs Geschmack! Der Herrscher ließ seinen Sohn holen, man aß und trank, und schließlich sagte der Padischah wie von ungefähr: „Komm mein Sohn, lass uns Tawla spielen. Wer verliert, der soll gebunden werden."

In der ersten Runde verlor der Padischah, ebenso in der zweiten. Dem Prinzen, der seinen Vater trotz allem verehrte, war das gar nicht recht. Nichtsahnend bat er, noch eine Runde zu spielen, und diesmal ließ er den Vater gewinnen. Darauf hatte der Padischah nur gewartet! Er erhob sich und sprach: „Ich werde dich jetzt binden lassen, so , wie wir es vereinbart haben." Prinz Achmed ließ es sich gutgläubig gefallen. Erst als der Vater den Henker rief, spannte er die Muskeln an und zerriss ohne große Mühe die starken Stricke.

Der Padischah überwand seinen Schrecken schnell. „Aber mein Sohn!" sagte er mit gekünsteltem Lachen. „Wer wird denn gleich so empört sein! Das Ganze war doch nur ein Scherz! Sieh, es sind so viele Jahre vergangen. Du warst noch ein Knabe, als ich dich fortschickte, nun bist du ein Mann geworden. Ich wollte nur wissen, wie stark du bist." Damit hatte er Achmeds wunden Punkte getroffen, denn bei allen guten Eigenschaften, die er hatte, besaß der Prinz auch eine weniger gute: er war etwas eitel.

„Wenn das so ist", sprach er daher leichthin, „so lass mich mit Eisenketten fesseln." Das ließ sich der Padischah nicht zweimal sagen, doch auch diese Ketten zerriss der Jüngling mit einem Ruck. Innerlich kochte der Padischah, doch er verbarg seine Wut und sprach: „Ich sehe, du bist ein tüchtiger Mann geworden, mein Sohn! Aber mir als deinem Vater könntest du doch sagen, wo das Geheimnis deiner Kraft liegt." Nichts Böses ahnend, verriet ihm der Jüngling folgendes: Wenn man aus seinem Haupt drei Haare reißen und damit seine Finger zusammenbinden

würde, so könne er sich nicht mehr von der Stelle rühren.
„Das kann ich unmöglich glauben!" rief der Padischah mit gespieltem Erstaunen. „Lass es mich einmal probieren." Ahnungslos sagte der Prinz „Ja!" Sofort riss ihm der Padischah drei Haare aus, band seine Finger damit zusammen, und der arme Achmed konnte sich tatsächlich nicht mehr rühren. Der Padischah schrie triumphierend auf. „Henker! Schlag meinem Sohn den Kopf ab!" befahl er. Der aber weigerte sich und lief davon. Rasend vor Wut riss der Padischah seinem unglücklichen Sohn die Augen aus und ließ ihn in einen ausgetrockneten Brunnen werfen. Die Augen aber steckte er in die Tasche.

Als der Prinz nicht zurückkehrte, wussten die Mädchen, dass ein Unglück geschehen war, und dass nur der Padischah dahinterstecken konnte. Aber ohne weitere Informationen konnten sie nichts tun, außer abzuwarten. Und warten, das hatten sie in den Jahren ihrer Gefangenschaft gelernt.

Nach einer Weile verkündete der Padischah seinen Willen, die Mädchen zu heiraten. Die jedoch erwiderten, sie würden nur kommen, wenn man vierzig Wagen schickte, und in jedem Wagen solle ein Mädchen sitzen. Außerdem wollten sie noch vierzig leere Wagen für ihre Ausstattung, wie sie sagten. Der liebestolle Padischah tat natürlich nichts lieber, als diesen scheinbar harmlosen Wunsch zu erfüllen. Die Mädchen aber schnitten den unglücklichen Mädchen die Köpfe ab, legten sie in die leeren Wagen und schickten diese grausame Ausstattung zurück.

Der Padischah tobte vor Wut und schickte seine Männer in den Kampf. Genau das aber hatten die Mädchen mit ihren grausamen Morden bezweckt: Was der Padischah nicht wusste, war: Die Mädchen hatten einen Verbündeten – den lahmen Dew, und der wurde allemal mit den Männern des Padischah fertig,

Unterdessen zog eine Karawane in der Nähe des ausgetrockneten Brunnens vorüber. Tag und Nacht hatte der treue Hund des Prinzen vor dem düsteren Loch ausgeharrt. Jetzt schleppte er sich winselnd zu der Karawane herüber. Der Anblick des halb verhungerten Tieres rührte die Herzen der wettergegerbten Männer. Sie warfen ihm ein Stück Brot hin, doch anstatt es zu fressen, trug der Hund es zum Brunnen und warf es hinein. Dann kehrte er zu der Karawane und sah die Reiter mit bettelnden Hundeaugen an. Wieder warfen sie ihm ein Brot hin, und wieder trug er es zum Brunnen. Als sich das Ganze zum dritten Mal wiederholte, sprachen die Männer zueinander: „Dieser Hund hat entweder Junge, oder es steckt etwas anders dahinter. Wir wollen nachsehen." Der Karawanenführer folgte dem Hund zum Brunnen, und da hörte er eine schwache Stimme: „Wer immer ihr auch seid: Rettet mich aus diesem Brunnen!"

Sofort wurde ein Strick herabgelassen und dem Jüngling zugerufen, er solle sich daran festhalten. „Ich kann nicht!" rief es zurück. „Meine Hände sind gefesselt!" Daraufhin ließ man einen Mann hinunter, der den Jüngling mit sich heraufholte. Mitleidig musterten die Männer den grausam misshandelten Jüngling, dessen Hände noch immer auf dem Rücken zusammengebunden waren. Auf ihre Frage erzählte er, sein Feind habe ihm das angetan.

„Wenn wir dich mitnehmen würden", sagten die Männer bedauernd, „würde man am Ende vielleicht sogar glauben, wir hätten dich so misshandelt! Es wird besser sein, du bleibst hier und rufst Allah um Hilfe an. Wir wollen dir so viel Essen und Trinken hierlassen, wie wir entbehren können." Damit stellten sie Speisen und Wasserkrüge in seine Reichweite und verabschiedeten sich. Der Prinz bedankte sich höflich, während die Verzweiflung in seinem Herzen wuchs. Tag und Nacht saß er da und weinte, und endlich wurden seine Gebete erhört. Ein *Pir* erschien, betete für den Jüngling, nahm zwei Augen aus seiner Tasche, setzte sie ihm ein und verschwand. Als der Prinz diesmal weinte, waren es Freudentränen, denn er konnte wieder sehen.

Dann stand er entschlossen auf und ging geradewegs in seine Heimatstadt. Die Zeit der Rache war gekommen! Er ließ sich jedoch doch zunächst nichts anmerken, sondern bot dem Vater sogar seine Hilfe im Kampf gegen die Mädchen und den lahmen Dew an! Der Padischah, der die Gutmütigkeit seines Sohnes kannte, nahm die Hilfe erfreut an. „Wenn du mir den Dew fängst und herbringst, erfülle ich dir jeden Wunsch!" rief er erfreut. Am Tag darauf bat der Prinz seinen Vater, ihm zu erlauben, sich selbst ein Pferd und ein Schwert auszusuchen, um in den Kampf zu ziehen. Sein Pferd und seine Waffe war nämlich im Seraj des Padischahs geblieben, und genau die wählte er nun aus. Damit ausgestattet, zog er gegen den Dew.

Als die Mädchen sahen, dass diesmal nur ein einziger Mann gegen sie zog, schüttelten sie die Köpfe. „Ist dem Padischah nur dieser eine Kerl übrig geblieben?" fragten sie und schickten den Dew dem Angreifer entgegen. Der Dämon wollte sich schon auf den Prinzen stürzen, als dieser plötzlich sein Schwert zog und rief: „Erkennst du mich denn nicht?" Der lahme Dew blieb wie angewurzelt stehen. Der Prinz aber kehrte ohne Kampf zu seinem Vater zurück, der nicht ahnte, was gespielt wurde. Er hatte nur gesehen, dass der Dew dem Prinzen kein Haar gekrümmt hatte und glaubte den Sieg schon in Reichweite. Aber auch die Mädchen hatten alles mitangesehen und ahnten, wer der Reiter gewesen war. „Wenn er am nächsten Tag wieder angreift, musst du dich ihm ganz ergeben", sagten sie zu dem Dew. Was sie ihm sonst noch sagten, werden wir gleich erfahren.

Als der Morgen hereinbrach, setzte sich der Prinz wieder auf sein Pferd und ritt gegen den Dew, der sich dem Prinzen ohne Gegenwehr ergab. Achmed führte nun den Dämon vor seinen Vater. Der Padischah wurde kreidebleich. „Was soll das?" schrie er. „Bring ihn ja nicht noch näher!"

„Aber warum?" versetzte der Prinz mit gespielter Ahnungslosigkeit. „Wir hatten ausgemacht, dass ich ihn fange, und du ihn tötest. Ich habe meinen Teil der Abmachung erfüllt. Hier ist der Dew." Damit ließ er den Dämon los, und was meint ihr, was der tat? Natürlich – der Dew stürzte sich auf den Padischah, riss ihn vom Thron und tötete ihn. Dann wendete er sich den wie erstarrt dastehenden Wesiren zu und sprach mit donnernder Stimme: „Seht her, dessen Sohn, Achmed der Fingerlose, hat mich hierher gebracht!"

Die Wesire, die ohnehin nur widerwillig den Befehlen des Padischahs gehorcht hatten, verstanden und setzten den Jüngling sofort auf den Thron. Der erste Befehl des neuen Padischahs war, man solle seine Mutter und die drei Mädchen zu ihm holen. Jetzt endlich konnte Achmed die Mädchen heiraten, denn er liebte alle drei, und sie liebten ihn. Und von diesem Tage an lebten sie glücklich und zufrieden bis ihre Zeit gekommen war.

SCHAH JUSSUF

Vor vielen Jahren lebte in den fernen Ländern des Orients ein armer Mann mit seinen drei Töchtern. Tagtäglich ging der Mann hinaus, um nach einer Arbeit zu suchen, während die Mädchen zu Hause fleißig spannen, um von dem Erlös des Garnes wenigstens etwas zu essen kaufen zu können. Doch die Zeiten waren schlecht, und so mussten sie sich oftmals hungrig schlafen legen. Eines Tages gaben sie dem Vater einige Knäuel feinen Garns und baten: „Väterchen, trag diese Fäden in den Tscharschi, verkaufe sie für ein paar Para und kauf uns für das Geld etwas zu essen." Ohne große Hoffnung trug der Alte das Garn in den Tscharschi und bot es dort feil, doch niemand beachtete ihn. Plötzlich aber trat ein Araber an ihn heran und fragte ihn freundlich, was er zu verkaufen habe. Der Alte zeigte ihm das Garn. „Sag mir Väterchen, welch zarte Hände haben dieses feine Garn gesponnen?" – „Meine Töchter", antwortete der Alte. „Ich habe drei davon." – „Hier nimm! Ich kaufe dir dein Garn ab", sagte der Araber und gab dem überraschten Alten etliche Münzen. Verblüfft starrte der arme Mann in seine Hand. Das war viel mehr, als er gefordert hatte!

„Ich bitte dich, Väterchen", sagte der Araber da. „Gib mir eine deiner Töchter." Jetzt wusste der Mann erst recht nicht, was er sagen sollte. „I-ich muss meine Töchter fragen, Herr", stotterte er. „Wenn es mir gelingt, eine von ihnen zu überzeugen, werde ich sie dir gerne geben. Kommt!" Damit führte er den Araber in sein Haus. Dort sprach er zu seiner ältesten Tochter: „Wenn ich dich dem Araber geben würde, würdest du mit ihm gehen?" Das Mädchen sah ihn erstaunt an und erwiderte: „Aber Väterchen, was soll ich denn mit einem Araber anfangen?

Verheirate mich, wenn du magst, aber verheirate mich mit einem richtigen Mann!" Das war nun wirklich nicht nett von ihr, aber Eunuchen – und der Araber war ein Eunuch – waren Schlimmeres gewöhnt. Die mittlere Schwester zeigte ebenfalls wenig Neigung, ihre Jugend an ein Wesen zu verschwenden, dem man den edelsten Teil seiner Männlichkeit geraubt hatte. Nun ruhte alle Hoffnung des armen Mannes auf seiner jüngsten Tochter. „Wenn du mich ihm geben willst, Väterchen, nun, so werde ich mit ihm gehen, um damit euer Leid wenigstens ein bisschen zu mildern", sagte diese bescheiden.

Bei diesen Worten verzog sich das Gesicht des Arabers, der bisher ohne irgendeine Regung der Diskussion zugehört hatte, zu einem freundlichen Lächeln. „Nimm dieses Geld", sagte er zu dem Vater. „Wenn du es klug einsetzt, wird heute Not von nun an ein Ende haben." Mit einem freundlichen Gruß führte er das Mädchen hinaus. Nachdem sie eine Weile stumm nebeneinander her gegangen waren, sagte er zu ihr: „Schließe die Augen, Mädchen." Sie gehorchte. „Und jetzt öffne sie wieder." Das Mädchen tat, wie ihm geheißen und ... glaubte zu träumen. Verwundert zwinkerte sie, doch das Bild vor ihren Augen änderte sich nicht. Eben stand sie noch auf einer staubigen Straße – jetzt stand sie in einem prachtvollen Seraj! Mehrere Sklaven kamen herbei, stützten sanft ihre Arme und führten sie über eine Treppe in den oberen Stock hinauf. Eine solche Stütze hatte das arme Mädchen auch bitter nötig, so butterweich waren ihre Knie. Oben angelangt, übernahmen andere Sklaven ihre Führung und geleiteten sie in ein Zimmer, bei dessen Anblick das Mädchen unwillkürlich seufzte: „Ich muss im Himmel sein!" Ja, das musste wahrlich der Himmel sein!

Hatte man denn je auf Erden ein Zimmer gesehen, das ganz mit Edelsteinen, Perlen und funkelnden Diamanten ausgelegt war? Ein Zimmer, dessen Decke mit goldenen und silbernen Sternen geschmückt war? Die Sklaven bedeuteten ihr, sich auf die weichen Kissen zu setzen und blieben mit verschränkten Armen vor ihr stehen, gerade so, als ob sie auf Befehle warten würden. Nun kamen Sklaven mit einem Kleid, das über und über mit Gold- und Silberschuppen belegt war und legten es ihr an. Als man schließlich auch noch einen perlenbestickten Zobelmantel brachte, war das Mädchen endgültig davon überzeugt, die Kreise des Irdischen verlassen zu haben.

Als es Abend wurde, setzte man ihr in einer großen Schüssel etliche erlesene Speisen vor. Nach dem Mahl wurde auf einer goldenen Schüssel ein Becher Scherbet hereingebracht. Nachdem sie davon getrunken hatte, fühlte sich das Mädchen auf einmal unglaublich müde. Wie kommt es nur? dachte sie, und da war sie auch schon eingeschlafen. Sofort nahmen die aufmerksamen Sklaven sie auf und legten sie ins Bett, ehe sie sich auf leisen Sohlen zurückzogen.

Das Mädchen aber blieb nicht allein in dieser Nacht. Sachte teilte sich der Vorhang, und der Bej des Serajs trat ein. Liebevoll betrachtete er das schlafende Mädchen, dann legte er sich zu ihr, umarmte sie und blieb bei ihr, bis der Morgen graute. Dann glitt er auf leisen Sohlen wieder davon. Als das Mädchen erwachte, erschienen die Sklaven und begleiteten sie durch den Tag, und als es abends wurde und das Mahl zu Ende war, brachte man wieder einen Becher Scherbet, und wieder versank das Mädchen in tiefen Schlaf, nachdem sie davon getrunken hatte. Wieder betrat der Bej das Zimmer, umarmte sie und blieb bei ihr bis zum Morgen, um dann geräuschlos wie ein Schatten zu verschwinden. So ging es von nun an Tag für Tag, Woche für Woche, Monat für Monat, ohne dass das Mädchen jemals ihren nächtlichen Besucher zu Gesicht bekommen hatte. Sie ahnte nicht einmal etwas von seiner Existenz, sondern war der festen Überzeugung, der Araber sei der Herr dieses Serajs. Es war ein glückliches Leben, das sie führte, und doch verspürte das Mädchen eine unstillbare Sehnsucht nach ihrem Vater und ihren Schwestern in ihrem Herzen.

„Lala", bat sie eines Tages den Eunuchen, „möchtest du mich nicht für einige Tage zu den Meinigen bringen?" Der Eunuch, so viel wusste das Mädchen mittlerweile, war nur der Wächter des Seraj; den Herrn ihres wunderbaren goldenen Käfigs hatte sie noch nie zu Gesicht bekommen.

„Nenn mich nicht Lala", erwiderte der Eunuch, ohne auf die versteckte Bitte einzugehen. „Ich heiße Laklak Aga." Am nächsten Tag sprach sie ihn wieder mit Lala an und wiederholte die Frage, und der Eunuch antwortete, sie solle ihn bei seinem richtigen Namen nennen. Diesmal hatte das Mädchen verstanden, und als sie am dritten Tag ihre Bitte erneut anbrachte, begann sie mit: „Laklak, mein Aga." – „Was wünschst du, meine Herrin?" fragte der Eunuch lächelnd. „Ich habe solche Sehnsucht nach den Meinigen. Bring mich doch bitte für zwei oder drei Tage zu ihnen." Bereits am ersten Tag hatte der Eunuch die Bitte des Mädchens seinem Herrn vorgetragen und von ihm die Erlaubnis erhalten, sie nach Hause zu bringen. Er hatte der jungen Frau nur etwas Manieren beibringen wollen. Nun, da sie ihre Lektion gelernt hatte, konnten sie aufbrechen. Noch einmal besprach er die Reise mit dem Bej. „Aber gib acht, dass sie nicht zu lange wegbleibt", ermahnte der Bej ihn eindringlich.

Am nächsten Tag gab Laklak Aga dem Mädchen eine stattliche Summe Geldes, nahm auch selbst etliches Geld mit sich, und gebot ihr, die Augen zu schließen. Einen Atemzug später sagte er ihr: „Öffne die Augen!" Das Mädchen stieß einen Freudenschrei aus, denn sie stand genau vor dem Haus ihres Vaters! Ihre kleine Familie war zu Hause. Bei ihrem Eintritt sprangen alle Drei auf. Was dann folgte, war ein tränenreiches, freudiges Wiedersehen. „Lass dich ansehen!" sagte der Vater immer wieder. „Als Mädchen bist du gegangen, jetzt bist du eine anmutige junge Frau! Oh, welche Freude!"

Während die Familie die unerwartete Wiedervereinigung feierte, sah sich Laklak Aga unauffällig um und nickte anerkennend. Das „Opfer" des Mädchens war nicht umsonst gewesen; ihr Vater hatte das Geld klug genutzt und einen kleinen Kaufmannsladen eröffnet. Nun bekam er noch mehr Geld, um sein Geschäft zu vergrößern. Während Vater und Aga geschäftliche Dinge besprachen, konnten die drei Schwestern gar nicht schnell genug ihre Neugier befriedigen. „Schau dich an, wie prachtvoll du aussiehst!" riefen die Älteren. „Wie geht es dir? Sag, wie ist dein Bej?" Das Mädchen sah sie mit einer Mischung aus Zufriedenheit und Ratlosigkeit an. „Es fehlt mir an nichts, liebe Schwestern", erwiderte sie. „Nur eines ist seltsam: Jede Nacht gibt man mit einen Becher Scherbet zu trinken, und davon schlafe ich ein. Außer dem Araber habe ich in dem Seraj noch keinen einzigen Mann gesehen."

„Also weißt du!" meinte die Schwestern verwundert. „Da bist du nun schon so lange in dem Seraj, und hast seinen Herrn noch nie gesehen? Gewiss besucht er dich, wenn du schläfst! Aber warum zeigt er sich dir nicht? Ist er vielleicht

hässlich?" Hilflos blickte das Mädchen von einer zur anderen. „Es gibt nur einen Weg, das herauszufinden: Hier, nimm diesen Schwamm! Wenn man dir wieder den Schlaftrunk bringt, gieße den Scherbet, während du so tust, als würdest du ihn trinken, in den Schwamm. Dann stell dich schlafend, und du wirst sehen, was geschieht."
Nach zwei Tagen nahmen sie Abschied voneinander, und mit der orientalischen Variante des Beamens ging es zurück in den Seraj. Noch am selben Abend wollte das Mädchen die von ihren Schwestern ersonnene List ausführen. Sie schüttete den Scherbet heimlich in den Schwamm und tat so, als würde sie ins Reich der Träume versinken. Die Sklaven trugen sie ins Bett, und verließen dann das Gemach. Jetzt teilte sich der Vorhang und der Bej trat ein, legte sich zu ihr und umarmte sie. Das Mädchen wartete mit atemloser Spannung, bis er eingeschlafen war. Vorsichtig, ganz vorsichtig, stand sie auf, nahm eine Kerze und hielt sie dem Schlafenden vors Gesicht. Träumte sie, oder war das Wirklichkeit? Vor ihr lag ein Jüngling, schön wie der helle Vollmond. Da sein Hemd ein wenig hochgezogen war, sah sie an seinem Bauch etwas glänzen. Neugierig schob sie das Hemd noch etwas mehr hinauf. Seltsam, wie kam es, dass der Bej eine goldene Kugel am Bauch hatte? Das Mädchen brachte die Kerze noch etwas näher. Aber ach! In ihrer Aufregung hielt sie das Licht etwas schräg, so dass einige Tropfen Wachs auf seinen Bauch fielen. Erschrocken sprang der Jüngling auf. Als er das Mädchen mit der Kerze in der Hand vor sich sah, rief er zornig: „So dankst du mir meine Wohltaten! Zur Strafe für deinen Ungehorsam sollst du sieben Jahre lang in eisernen Schuhen, mit einem Eisenstab in der Hand, auf der Suche nach mir die Welt durchwandern." Damit verschwand er.

„Oh, mein Geliebter!" rief das Mädchen und schlug weinend die Hände vors Gesicht. „Was habe ich nur getan! Verzeih mir!" Auch der Araber und die Sklaven, die ihr so lange treue Dienste geleistet und jeden Wunsch von den Augen abgelesen hatten, waren betrübt, doch keiner machte dem unglücklichen Mädchen Vorwürfe – jedenfalls nicht offen. Etliche Stunden weinte sie, dann stand sie entschlossen auf. „Laklak, mein Aga", bat sie mit fester Stimme. „Durch meine Neugierde habe ich meinen Geliebten und ihr euren Herrn verloren. Ich will die Strafe auf mich nehmen, und sieben Jahre lang die Welt durchwandern in eisernen Schuhen, mit einem Eisenstab in der Hand. Verschaffe mir diese beiden Dinge – dies ist mein letzter Wunsch, den ich an dich richte." Irrte sie sich, oder glomm da ein Fünkchen Hochachtung in den Augen des treuen Eunuchen? Noch am selben Tag brachte er Schuhe und Stab herbei, und das Mädchen machte sich auf den Weg.

Sie wanderte über Täler und Berge, durch Ebenen, und doch schien es ihr, wenn sie zurückblickte, als hätte sie noch nicht einmal eine Strecke so lang wie eine Handspanne zurückgelegt.

Eines Tages begegnete sie einem Dew-Weib mit Sporen an den Füßen und einem Horn auf dem Kopf. „Selam", grüßte das Mädchen. Die Dämonin erwiderte ihren Gruß und fügte hinzu: „Hättest du nicht gegrüßt, so hätte ich dich mit einem Happen verschlungen", worauf das Mädchen erwiderte: „Und hättest du mein Selam nicht erwidert, so hätte ich dich mit diesem meinem Eisenstab in Stücke gehauen." Wie unfreundlich, meint ihr? Irrtum! Diese merkwürdige Art der Begrüßung war damals zwischen Mensch und Dämon allgemein üblich und diente gewissermaßen dem gegenseitigen „Beschnuppern". Schließlich war das Verhältnis zwischen Menschen und Dämonen nicht immer spannungsfrei; da wollte man schon sichergehen, mit welchem Gegenüber man es zu tun hatte.

Nachdem die beiden Frauen „die Fronten" sozusagen geklärt hatten, fragte die Dew nach dem Woher und Wohin, woraufhin das Mädchen ihr alles erzählte.

„Dein Geliebter ist niemand anders als Schah Jussuf", erklärte die Dämonin. „Vor kurzem kam er weinend hier vorüber. Nicht weit von hier wohnt eine andere Dew. Geh zu ihr, vielleicht weiß sie, wohin er gegangen ist."

Auch die zweite Dew-Frau hatte Jussuf Bej vorübergehen sehen, doch auch sie wusste nicht, wohin er gezogen war und verwies das Mädchen an eine dritte Dew. Die blies gerade in einem warmen Ofen und putzte ihn mit ihren großen Brüsten. „Sag, ist Schah Jussuf hier vorüber gegangen?" fragte das Mädchen und verbarg ihre Verwunderung über die merkwürdige Art des Putzens.

„Warum fragst du?" entgegnete die Dämonin. Sie war Jussufs Tante, aber das konnte das Mädchen nicht wissen.

„Na, dann bist du ja gewissermaßen eine Verwandte!" rief die Dew-Frau, nachdem sie die traurige Geschichte ihrer jungen Besucherin gehört hatte. „Schah Jussuf ist nämlich mein Neffe, musst du wissen. Er besucht mich alle sieben Jahre. Wenn du willst, kannst du so lange bei mir bleiben." Und ob das Mädchen wollte! Dankbar küsste sie die Hand der Dämonin. Die ließ es lächelnd geschehen. Dann wurde sie nachdenklich. „So kannst du nicht bei mir bleiben", meinte sie entschlossen. „Wenn meine vierzig Söhne dich sehen, fressen sie dich auf." Ehe das Mädchen reagieren konnte, gab ihm die Dew einen Schlag und dort, wo eben noch eine schöne, junge Frau stand, lag nun ein rotbäckiger Apfel, den die Dew ins Fach legte.

Am Abend sollte sich zeigen, dass die Vorsicht der Dämonin berechtigt war. Kaum waren ihre Söhne zurückgekehrt, sogen sie schnuppernd die Luft ein und riefen alle zugleich: „Was ist das? Hier riecht es nach Mensch!" – „Das bildet ihr euch ein!" erwiderte die Mutter. „Was sollte ein Mensch an diesem abgelegenen Ort suchen? Vielleicht habt ihr Mundgeruch? Wann habt ihr euch das letzte Mal die Zähne geputzt? Na?" Da hättet ihr mal sehen sollen, wie schnell jeder der 40 Dämonen schuldbewusst einen großen Stock hervorzog, um sich sodann damit auf das sorgfältigste die Zähne zu putzen! Und was da alles zwischen den Zähnen hervorkam: Halb verweste Tierfüße, Menschenschädel und andere unappetitliche Dinge mehr! Der pestilenzische Gestank hinderte die feinen Herren Menschenfresser nicht daran, das Zeug nach dem Putzen wieder zu verschlucken; auch wenn das Zeug nicht mehr ganz frisch war, durfte man es doch deswegen nicht umkommen lassen, oder? „Na seht ihr, habe ich es euch nicht gesagt?" Die Herren Söhne nickten schuldbewusst.

„Was würdet ihr tun", fuhr die Dew-Frau fort, „wenn sich jemand hierher verirrt, mir die Hand küssen und fragen würde, ob ich ihn als Kind annehmen würde?" – „Wir würden ihn als Bruder annehmen und ihm kein Haar krümmen!", antworteten die Dämonen. Darauf nahm die Dew den Apfel aus dem Fach, versetzte ihm aufs Neue einen Schlag, und anstelle des Apfels erblickten die erstaunten Brüder ein schlankes, appetitliches Mädchen. „Geh, und küsse deinen Brüdern die Hand!" drängte die Dew, die ihre Söhne nur zu gut kannte. Ehe die überraschten Dämonen begriffen, wie ihnen geschah, hatte das Mädchen ihnen bereits die Hände geküsst und sich damit zu ihrer Schwester gemacht.

Sieben Jahre lang blieb das Mädchen bei der Dew-Familie. Dann sprach die Mutter zu ihr: „Jussuf wird bald hier sein, aber er wird dich nicht erkennen. Wenn er kommt und Wasser verlangt, so bringe es ihm, und wenn er getrunken hat und dir das Glas zurückgibt, so lass es fallen und zerbrich es. Darauf werde ich auf dich losgehen. Wenn Schah Jussuf dich wirklich liebt, wird er nicht zulassen, dass ich dich schlage."

Einige Tage später erschien Schah Jussuf wirklich. Er wirkte so unsagbar traurig und niedergeschlagen, dass sein Anblick einen Stein hätte erweichen können. „So kenne ich dich gar nicht!" sagte die Dew-Frau. „Was bedrückt dich, Neffe? Du warst doch sonst immer so fröhlich!" – „Ach, es ist nicht", brummelte Schah Jussuf und winkte ab. „Ich habe mich heute Morgen geärgert." Die Dew tat, als hätte sie es nicht gehört und brachte das Essen herein. Während der Mahlzeit verlangte Schah Jussuf etwas zu trinken, worauf das Mädchen ihm ein herrliches Kristallglas voll Wasser brachte. Der Schah blickte das Mädchen an und stutzte! Ihr Anblick versetzte seinem Herzen einen Stich. Wie sehr dieses Mädchen doch seiner verlorenen Frau ähnelte! Er konnte den Blick nicht von ihr wenden, bis er ausgetrunken hatte. Nachdem sie das leere Glas wieder in die Hand genommen hatte, ließ sie es fallen, so dass es mit lautem Klirren auf dem Fußboden zerbrach. „Oh du Tolpatsch! Pass doch auf!" schrie die Dew-Frau und fuhr auf sie los, so als ob sie sie schlagen wollte.

„Halt ein!" fuhr Schah Jussuf auf. „Ich bitte dich, verzeih ihr! Nicht sie war es, die das Glas zerbrach, sondern ich habe es in meiner Ungeschicklichkeit fallen lassen." Da beruhigte sich die Dew-Frau und scheuchte das Mädchen mit den Worten: „Pack dich aus meinen Augen!" aus dem Zimmer. Schah Jussuf aber starrte unentwegt in Richtung der Tür. In seinen Augen lag eine Sehnsucht, die mehr als tausend Worte sprach. „Woher hast du dieses Mädchen? Magst du sie mir nicht verkaufen?" fragte er die Tante, denn er glaubte, das Mädchen sei eine Sklavin. Die Dew aber erwiderte, sie sei unverkäuflich, da sie ihr die Hausarbeit abnähme.

Nach zwei Tagen nahm Schah Jussuf Abschied, aber glaubt nur nicht, dass damit unsere Geschichte schon zu Ende sei! Diesmal dauerte es nämlich nicht sieben Jahre, sondern nur knappe zweieinhalb Monate, bis er sich wieder einstellte. „Oh, du Spitzbube!" murmelte die Dew-Frau, als sie ihn in der Ferne erblickte. Zu ihrer Wahltochter aber sagte sie mit äußerst zufriedenem Tonfall: „Habe ich es dir nicht gesagt? Der Schah kommt nur deinetwegen, meine Liebe! Aber wir wollen ihn noch ein wenig zappeln lassen! Pass auf: Wenn du das Essen bringst, so stürze die Schüssel um!"

Mit gespielter Überraschung begrüßte die Dew den Schah, lud ihn ins Haus und rief dem Mädchen, das Essen zu bringen. Die warf verabredungsgemäß die Schüssel um, worauf die Dew aufsprang und sich zum Schein auf das Mädchen stürzen wollte. Der Schah aber warf sich der wütenden Dew zu Füßen, umklammerte ihre Hände und Füße und flehte sie an, dem armen Menschenwesen noch einmal zu verzeihen. „Nun gut!" sagte die Dew endlich und tat, als könne sie sich nur langsam beruhigen. „Dir zuliebe will ich ihre Ungeschicklichkeit auch diesmal nicht strafen."

„Pass auf, er wird es nicht lange aushalten!" sagte die Dämonin zu ihrer Wahltochter, als Schah Jussuf aufgebrochen war. „Er wird deinetwegen wiederkommen, du wirst schon sehen! Wenn es soweit ist, öffne ihm die Tür und gib dich ihm zu erkennen. Halte aber dabei dein Kind auf dem Arm!"

Ein Kind? Ja, ihr habt richtig gehört, ein Kind! Während das Mädchen Dank des Schlaftrunks Nacht für Nacht in Morpheus' Armen ruhte, hatte der feine Schah Jussuf durchaus seinen Spaß´mit ihr gehabt, und das war nicht folgenlos geblieben. Das Kind – ein Mädchen – war im Haus der Dew-Mutter zur Welt geboren worden und trug, genau wie Jussuf, anstelle des Nabels eine goldene Kugel.

Nur wenige Tage später trat ein, was die Dew prophezeit hatte. Als das Mädchen den Geliebten in der Ferne erblickte, kleidete sie sich rasch an, nahm ihre sieben-jährige Tochter auf den Arm und setzte sich so, dass er sie erblicken musste, sobald er die Tür öffnete. Und so geschah es. Regungslos blieb der Schah in der Tür stehen. Unsicher wanderte sein Blick von seiner Frau zu dem Kind auf ihrem Schoß. Zum ersten Mal in seinem Leben wusste er nicht, was er sagen oder tun sollte. Verlegen trat er von einem Fuß auf den anderen. Mehrfach öffnete er den Mund, doch er brachte kein Wort heraus. Endlich sprang das Mädchen auf und fiel ihm um den Hals.

Als sie sich Stunden später wieder voneinander lösten und das Mädchen ihm alles erzählt hatte, eilte Schah Jussuf zu seiner Tante und flehte sie an, ihm zu erlauben, sein geliebtes Weib und sein Kind mit sich zu nehmen. „Geht nur", lächelte die Dew, „und lebt glücklich, ihr Zwei! Ihr habt beide lange genug leiden müssen!" Das ließ sich Schah Jussuf nicht zwei Mal sagen! Freudig nahm er seine beiden Frauen, und im Nu standen alle drei im Seraj. Dort kannte der Jubel über die Rückkehr des geliebten Herrn und seiner Frau keine Grenzen, denn in all den sieben Jahren war der Bej aus Kummer fortgeblieben.

Jetzt endlich holte Schah Jussuf nach, was er schon vor mehr als sieben Jahren hätte tun sollen: Er ließ eine prächtige Hochzeit ausrichten und nahm das Mädchen zur Frau. Dann ließ er ihren Vater und ihre Schwestern holen, und so lebten sie fortan glücklich und in Frieden.

DER FISCHERSOHN

Vor vielen, vielen Jahren lebte einmal ein König, dem zu seinem Glück nur eines zu fehlen schien: ein Stammhalter oder besser gesagt, ein Sohn. Eine Tochter hatte er zwar, aber war war das schon gegen einen Sohn? Wie viele Gelehrte hatte der König schon befragt, aber alle zuckten nur hilflos mit den Schultern. Schließlich war der König so verzweifelt, dass er sogar seinen Koch fragte, ob er ihm nicht einen Knaben verschaffen könnte, den er an Sohnes statt aufziehen könne. Und tatsächlich wusste der Koch Rat! „Ich kenne da einen Fischer, ein ganz armer Schlucker ist das. Gegen eine entsprechende Summe Geldes wird der Euch sicher gerne seinen Sohn geben." Dem König klingelten vor Freude die Ohren. „Na worauf wartest du dann noch? Auf, eile zu dem Fischer und überbringe ihm mein Anliegen."

„Warum treibst du deine Scherze mit mir armen Mann?" erwiderte der Fischer, als der Koch seine Botschaft vorbrachte. „Ich scherze nicht!" entgegnete dieser. „Unser König wünscht sich schon so lange einen Sohn, doch dieses

Glück blieb ihm versagt. Deshalb hat er beschlossen, einen Knaben zu adoptieren, und seine Wahl ist auf deinen Sohn gefallen. Du hast doch einen Sohn, oder?"

Mit jedem Wort hellte sich die sorgenvolle Miene des Fischers mehr auf. „Ei freilich habe ich Söhne, und die fressen mir die Haare vom Kopf. Mein jüngster ist gerade vier Jahre alt. Wenn der König ihn aufziehen will, soll's mir recht sein. Ich schenke ihn ihm sogar! Du kannst ihn gleich mitnehmen." So kam der Fischerssohn an den Hof des Königs, der ihn zusammen mit seiner Tochter aufziehen ließ. Die Kinder waren gleichaltrig und liebten sich, wie Geschwister sich nur lieben können. „Wenn ich groß bin, will ich keinen anderen zum Mann als dich", versprach die kleine Prinzessin immer wieder in kindlicher Naivität.

Schließlich war es an der Zeit, ans Heiraten zu denken. Als das Mädchen die Eltern jedoch um die Erlaubnis bat, ihren geliebten Fischerssohn heiraten zu dürfen, erlebte sie eine böse Überraschung. „Wo denkst du hin?" riefen König und Königin wie aus einem Munde. „So etwas schickt sich nicht! Wo hat die Welt jemals gesehen, dass eine Prinzessin einen gemeinen Manne heiratet!" – „Aber ich...!" – „Schluss jetzt! Schlag dir den Fischerssohn aus dem Kopf! Eine Prinzessin hat auch Pflichten, vergiss das nicht! Ihre vornehmste Pflicht ist es, einen hohen Herrn zu heiraten!" Das Mädchen aber bettelte so lange, bis sich die genervten Eltern geschlagen gaben. „Nun gut!" seufzte der König, „Du sollst seinen Fischerssohn haben! Aber ich warne dich: Er darf nie etwas von seiner Herkunft erfahren! Sonst würdet ihr nicht zusammenbleiben!" Das Mädchen versprach hoch und heilig, niemals auch nur ein Sterbenswörtchen zu verraten, und so ward die Hochzeit gefeiert.

Als die beiden jungen Leute reichlich angeheitert ins Hochzeitsgemach traten und sich liebkosten, flüsterte die Prinzessin weinselig: „Hab ich das nicht fein hingekriegt, Liebster Giuseppe? Von wegen, eine Prinzessin wird niemals einen Fischerssohn heiraten!" Ach, hätte sie doch nur geahnt, was ihre harmlosen Worte für Folgen haben würden! Giuseppe, der ebenfalls nicht mehr nüchtern war, wurde so wütend, dass er seine Jacke von sich schleuderte, zur Tür hinausstürzte und ohne ein Wort des Abschieds das Schloss verließ. Dann zog er in ein anderes Land, tauschte seine feinen Gewänder mit einem armen Burschen, zog seinen Diamantring vom Finger, band ihn sich um den Bauch und begab sich zum Markt, um dort nach Arbeit zu suchen.

Eines Tages kam der Leibkoch des Königs, der über diese Stadt regierte, auf der Suche nach einem Küchenjungen auf den Markt, sah den Jüngling und fragte ihn, ob er in seine Dienste treten wolle. Der Fischerssohn nickte und zeigte auf seine Lippen. „Du bist stumm?" begehrte der Koch zu wissen. Wieder ein Nicken. „Na, macht nichts! Hauptsache, du hast gute Ohren und bist fleißig!" Damit nahm er den Burschen zu sich aufs Schloss. Wie es der Zufall wollte, verspürte der König einige Zeit später den sonderbaren Wunsch, einmal in der Küche vorbeizuschauen. Dabei fiel sein Blick auf den schönen Küchenjungen. „Wer ist das?" fragte er den Koch. „Majestät, ich kann Euch seinen Namen nicht sagen, denn er ist stumm!" – „Ach? Dieser Prachtjunge soll stumm sein? Na, dem will ich schon zur Sprache verhelfen!" versetzte Majestät und ließ noch am selben Tag einen königlichen Befehl verkünden, wer dem stummen Jungen zur Sprache verhelfe, dem wolle er Zepter und Krone überlassen. Na, da hättet ihr sehen sollen, wie sie herbeigeströmt kamen – die Ärzte und Quacksalber, die Gelehrten und Wunderheiler. Verständlich – wer ließe sich solch ein Angebot denn schon entgehen? Einen Haken hatte die Sache allerdings: Wer nicht hielt, was er so großmäulig verkündete, verlor seinen Kopf. Der Henker konnte sich daher in den nächsten Wochen über Arbeitsmangel nicht beklagen. Bald aber sprach sich das traurige Schicksal der erfolglosen Kandidaten herum, und der Strom der Glücksritter nahm merklich ab, um schließlich ganz zu versiegen.

Schon war der König drauf und dran, jede Hoffnung aufzugeben, als die launische Göttin Fortuna das Rad des Schicksals erneut drehte. Der Bursche hatte nämlich beinahe eine schwere Suppenschüssel fallen lassen und rief, verärgert über sich selbst: „Ach, was bin ich für ein Ungeschick! Beine hätte ich sie zerbrochen!" Sein Pech war, dass der Koch gerade in diesem Moment in die Küche trat und den angeblichen Stummen sprechen hörte. Ach so ist das also, dachte er bei sich! Da werde ich mich mal der Sache annehmen und ihm zur Sprache verhelfen! Sofort ging er zum König und trug ihm sein Vorhaben vor. „Aber lieber Koch!" riefen Majestät entsetzt. „Das kann ich nicht zulassen! Warum willst du dein Leben fortwerfen? Denk an deine Familie!" Der Koch aber versetzte seelenruhig: „Hab keine Angst um mich, Herr! Ich weiß, was ich tue!" Der König seufzte abgrundtief. Er mochte den Koch und wollte ihn auf keinen Fall verlieren. „Nun gut, du sollst deinen Willen haben! Aber bedenke: wenn du versagst, so wird dein Kopf rollen! Gesetz ist Gesetz – da kann ich keine Ausnahme machen."

Siegessicher schloss sich der Koch mit dem Küchenjungen

in ein Zimmer ein. Drei Tage und Nächte lang versuchte er alles mögliche, um den verstockten Burschen zum Sprechen zu bringen – vergebens. Schließlich geriet er so in Wut, dass er den bösartigen Kerl nach Strich und Faden verprügelte, ihm die Kleider zerriss und ihm das Tuch, das er um seinen Bauch gebunden hatte, wegnahm. Dann brach er mitsamt dem Tuch auf und zog fort, denn er wusste ja, was ihm sonst blühte. Nach einiger Zeit lenkte der Zufall seine Schritte in jenes Land, in dem die Prinzessin noch immer ihrem verlorenen Geliebten hinterher trauerte. Müde von der langen Wanderung ging der Koch in einen Laden. „Ich bin hungrig, gib mir etwas zu essen!“ sagte er zu dem Besitzer des Ladens. Der musterte den Fremden von Kopf bis Fuß, kratzte sich am Bart und meinte: „Umsonst ist der Tod, sagt man. Hast du Geld?“

„Geld habe ich nicht“, erwiderte der Koch, denn bei seiner überstürzten Flucht hatte er nur daran gedacht, seinen kostbaren Kopf zu retten. „Aber ich habe einen Ring, den ich verkaufen möchte.“ Der Ladenbesitzer staunte und hob abwehrend die Hände. „Diamanten darf in diesem Lande nur der König sein eigen nennen.“ Also brachte er den Ring ins Schloss und zeigte ihn dem König. Als die Prinzessin den Ring sah, schrie sie laut auf: „Aber das ist ja der Ring meines Mannes! Wo hast du ihn her?“ Der Mann erbleichte. „Herrin!“ stammelte er erschrocken, „Der Ring gehört mir nicht. Ein armer Schlucker kam heute in meinen Laden und verlangte etwas zu Essen. Als Bezahlung bot er mir diesen Ring an.“

„Den will ich sehen!“ befahl die Prinzessin. Sofort wurde der Koch herbeigeschafft. „Wie kommst du zu diesem Ring?“ fragte die Prinzessin scharf. Der arme Koch wurde fast besinnungslos vor Angst. „Herrin!" stotterte er. „Ich will die Wahrheit sagen! Ich war nicht immer ein Habenichts, sondern ich war der Leibkoch eines Königs. Eines Tages hatte ich das Unglück, einen fremden Burschen bei mir aufzunehmen – ein hübscher Jüngling, aber leider stumm wie ein Fisch. Das zumindest will er allen weismachen, und eine Zeit lang habe auch ich das geglaubt. Nun kam unser König eines Tages zu mir in die Küche, und da ihm der Bursche so sehr gefiel, versprach er demjenigen, dem es gelänge, ihn zum Sprechen zu bringen, Zepter und Krone. Wer aber versagte, sollte den Kopf verlieren. Oh, schönste Prinzessin, Ihr ahnt ja gar nicht, wie viele arme Teufel seinetwegen das Leben lassen mussten! Irgendwann kam keiner mehr. Dann aber hörte ich ihn mit eigenen Ohren in meiner Küche fluchen und kam auf den unglückseligen Gedanken, mich beim König deswegen anstellig zu machen. Was habe ich nicht alles versucht! Ich habe ihm gut zugeredet, geschmeichelt, ihn angeschrien, auf Knien angefleht, ja sogar verprügelt, dass das Blut floss – aber dieser verstockte Bastard blieb stur. Dass seinetwegen schon so viele brave Männer sterben mussten, scheint ihm völlig gleich zu sein. Sogar mich, der ich ihm nur Gutes getan habe, wollte dieser Schurke seinem Starrsinn opfern. Ehe auch mein Kopf rollt, habe ich es vorgezogen, alles, was mir lieb und teuer ist, im Stich zu lassen und mein Heil in der Flucht zu suchen. Der Ring war in einem Tuch, das ich ihm in meinem Zorn entrissen habe, bevor ich floh. Ich bitte euch, Herrin, das ist die Wahrheit!"

Die Prinzessin hatte jedes seiner Worte wie eine Ertrinkende aufgesogen. „Beruhige dich, guter Mann!" sagte sie sanft. „Niemand wird dir auch nur ein Haar krümmen. Ich bin dir sogar sehr denkbar, dass du den Ring hierher gebracht hast. Er bedeutet mir sehr viel. Lass ihn hier, ich werde ihn dir gut bezahlen."

Am nächsten Tag zog sie Männerkleider an und machte sich auf den Weg in das Land jenes Königs, bei dem ihr Mann, der sie in der Hochzeitsnacht so schmählich verlassen hatte, diente. Obwohl sie allen Grund gehabt hätte, ihn zu hassen, liebte sie ihn noch immer und war sich sicher, dass er genauso für sie empfand. Er wäre gewiss schon längst zu ihr zurückgekehrt, wenn er nicht diesen einen, dummen Fehler gehabt hätte: Ihr geliebter Fischerssohn war stolz bis zur Selbstzerstörung!

Am Ziel angekommen, ließ sich die Prinzessin zum König führen und trug ihm ihr Anliegen vor. „Nein!" rief der König entsetzt. „Zu viele sind schon gestorben. Ich werde nicht noch mehr Menschen opfern!" Die Prinzessin in Männerkleidern aber ließ sich nicht abweisen. „Dann will ich der letzte sein!" erklärte sie fest und verschränkte die Arme vor der Brust.

„So muss es wohl sein!" seufzte der König unglücklich und ließ sie zum Zimmer des Küchenjungen führen. Bei seinem Anblick schwanden der armen Prinzessin fast die Sinne. „Verzeih mir!" bat sie mit erstickter Stimme und umfasste flehentlich seine Hände. „Verzeih mir dieses eine Wort, dass ich gesagt habe..: Fischerssohn." Der Jüngling sah sie mit starrer Miene an und sagte nichts. Wieder und wieder flehte die Prinzessin, während heiße Tränen über ihre Wangen liefen. Allein, es half alles nichts. Das Herz des Fischerssohn war kälter als ein Stein. Nicht einmal das Wissen, dass er durch sein Schweigen die Frau, die ihn über alles liebte, zum Tode verurteilte, schien seinen unerträglichen Stolz zu besänftigen. Er scheute nicht einmal davor zurück, sie auf ihrem letzten Gang zum Schafott zu begleiten!

Aus rot geweinten Augen sah sich die Prinzessin um. Flehentlich hing ihr Blick auf dem bleichen Antlitz ihres Mannes, der noch immer keine Miene verzog. „Ich bitte Euch", wandte sie sich an den König, „erlaubt mir, noch drei Worte zu sagen." Nachdem Majestät nickte, rief sie: „Wer will mein Leben für drei Centimes kaufen?" Niemand antwortete: „Wer will mein Leben für zwei Centimes kaufen?" Wieder antwortete niemand: „Wer will mein Leben für einen Centime kaufen?" Da endlich rief ihr Gemahl: „Ich kaufe es!"

Ein staunendes Raunen ging durch die Menge, die sich versammelt hatte, um den bedauernswerten Tod des jungen Fremden mit anzusehen. Die Erklärung, die der Fischerssohn anschließend von sich ließ, dürfte bei vielen für Empörung gesorgt haben, und nur die Freude über den glücklichen Ausgang der Sache verhinderte wohl, dass ihn die wütende Menge lynchte. Der Fischerssohn erklärte nämlich schlicht und einfach, seine Frau habe ihn beleidigt, indem sie ihn Fischerssohn nannte, und diese Schmach habe er nur dadurch rächen können, dass er sie an den Galgen brächte. Nun wolle er ihr großmütig verzeihen!

Und wisst ihr, was das Unglaublichste war: Die Prinzessin küsste ihn zärtlich und schmiegte sich an ihn, als sei nichts gewesen! Die Geschichtenerzähler sagen, dass sie von nun an glücklich und zufrieden bis ans Ende ihrer Tage lebten. Ob's tatsächlich so war, weiß nur der Wind, und der verrät es nicht.

DIE STERNDEUTUNG

Kommt her, setzt euch zu mir und hört, was mir der Fluss hat zugetragen! Vor langer Zeit, wo, weiß ich nicht zu sagen, lebte in einem Dorf ein Schäfer mit seiner Frau und seinen beiden Söhnen. Jeden Morgen trieb er die Schafe der Dorfbewohner hinaus auf die Wiesen, und jeden Abend trieb er sie zurück ins Dorf, wo jedes Schaf von selbst in seinen Stall lief. Die Dörfler gaben ihm dafür fünf bis zehn Para. Das war zwar nicht viel, aber es reichte, dass der Schäfer sich und die Seinen davon ernähren konnte. So ging es Tag für Tag, Monat für Monat, Jahr um Jahr, bis – ja bis der arme Schäfer eines Tages starb. Nun war es an seinem ältesten Sohn, für die Mutter und den jüngeren Bruder zu sorgen. Für Trauer blieb keine Zeit, denn der Vater hatte seinen Liebsten nichts hinterlassen können. Tapfer übernahm der 15-jährige Knabe den Hirtenstab, um von nun an getreulich die Schafe der Dorfbewohner zu hüten. Als der Tod aber wenige Monate später auch die Mutter dahinraffte, hielt es der Jüngling nicht mehr zu Hause aus. Alles in der kleinen Hütte erinnerte ihn an die geliebten Eltern, jeder Krug, jedes Hölzchen atmete Vergangenheit aus. So machte sich der Knabe auf den Weg in eine ungewisse Zukunft. Lange wanderte er über Berg und Tal, durch Wälder und Wiesen, überquerte Flüsse und Bäche, und so stand er eines Tages vor den Toren Bagdads, der Prächtigen, der Einzigartigen. Staunend streifte er durch die dicht belebten Gassen. Alles hier war so groß, so vielfältig, so – anders. Der ärmlich gekleidete Jüngling erweckte das Interesse eines Mannes. „Ich sehe, du bist fremd hier, mein Sohn", redete er ihn an. „Woher kommst du, und wie ist dein Name?"

„Man nennt mich Mahmud", antwortete der Knabe. „Ich komme aus einem fernen Dorf und suche Arbeit."- „Das trifft sich gut, denn ich bin auf der Suche nach einem Diener. Willst du nicht in meine Dienste treten?" Natürlich wollte der Jüngling!

Der Mann sollte seine Wahl nicht bereuen, denn Mahmud erwies sich als treuer und gehorsamer Diener. Nach einiger Zeit sagte sein Herr zu ihm: „Mein Sohn, Mahmud. Nimm diesen Strick und diesen Sack, wir wollen uns auf die Reise machen." Ohne zu Murren tat der Jüngling, was ihm der Herr befahl. Selbst als ihm nach vielen Tagen die Füße schmerzten, klagte er nicht. Endlich erreichten sie einen Brunnen am Fuß eines Berges. Mahmuds Herr schob die Steinplatte, die die Brunnenöffnung bedeckte, zur Seite und sprach: „Binde dir das Seil um die Hüften, mein Sohn. Ich werde dich dann mit dem Sack in den Brunnen hinablassen. Unten füllst du den Sack mit allem, was dort herumliegt. Wenn du damit fertig bist, ziehe ich zuerst den Sack, und dann dich hinauf."

Mahmud hatte in seinem jungen Leben nie erfahren, wie viele Schlechtigkeit es in der Welt gibt. Die Nachbarn waren einfache, ehrliche Leute gewesen, denen die Ehre über alles ging. An diesem Tag aber sollte Mahmud lernen, dass es auch andere Menschen gibt. Nachdem er den Sack mit Gold, Silber, Perlen und Diamanten, die in Mengen auf dem Grund des Brunnens herumlagen, gefüllt und seinem Herrn durch ein Rucken am Seil das verabredete Signal gegeben hatte, wartete er vergebens darauf, dass das Seil wieder heruntergelassen wurde. Mahmuds Herr hatte den Jungen nämlich nur aus einem einzigen Grund in seine Dienste genommen: um an die Schätze im Brunnen zu kommen. Nun, da der Junge seinen Zweck erfüllt hatte, konnte er seinetwegen im Brunnen krepieren - er hatte, was er wollte. Er schob den Stein wieder über den Brunnen und ging. Verzweifelt musste der Junge mitansehen, wie sich die runde Öffnung, durch die das Tageslicht hinabfiel, langsam schloss. Ein letzter Sonnenstrahl, dann umgab ihn völlige Dunkelheit.

Doch halt! Ganz so finster, wie er geglaubt hatte, war es nicht. Als sich Mahmuds Augen an die Dunkelheit gewöhnt hatten, nahm er einen sanften Lichtschein wahr. Das Licht drang aus einer Öffnung, die gerade breit genug war, dass ein Mensch hindurch passte. Jenseits des Spalts begann ein schmaler Weg, der in eine andere Welt führte. Nach einer Weile gelangte der Jüngling an den Rand eines Tales. Müde setzte er sich, doch der Schlaf wollte sich nicht einstellen. Der Jüngling, der noch nie zuvor mit der Schlechtigkeit der Menschen Bekanntschaft gemacht hatte, kochte vor Wut. Wenn er jemals wieder in die obere Welt gelangen würde, würde er es diesem Schurken heimzahlen, schwor er sich.

Nachdem er geruht hatte, setzte Mahmud seinen Weg fort. Ich weiß nicht, wanderte er lange, wanderte er kurz? Irgendwann jedenfalls gelangte er auf wundersame Weise wieder an die Erdoberfläche. Im nächsten Ort kaufte er sich für etwas Gold neue Kleider, verschenkte seine alten an die Armen und zog weiter in Richtung Bagdad. Dort trieb er sich so lange herum, bis ihm der gierige Schurke, der ihn dem sicheren Tod preisgegeben hatte, wieder über den Weg lief. Der Halunke erkannte ihn nicht; für ihn so ein Provinztrottel wie der andere aus. Ganz offenbar war er auf der Suche nach einem neuen Opfer, und glaubte es nun gefunden zu haben. „Woher kommst du, mein Sohn?" sprach er den Jüngling an. „Ich stamme aus einer fernen

Stadt und zog nach Bagdad, der Prächtigen, um hier Handel zu treiben. Doch unterwegs haben mich Räuber überfallen. Der Scheitan möge ihre schwarzen Seelen holen! All mein Geld und Gut haben sie mir genommen! Ach ich Ärmster, was soll ich nur tun?" klagte er. Gierige Funken blitzten in den Augen des Schurken. „Möchtest du nicht in meine Dienste treten?" fragte er lockend, wobei er im Geiste vermutlich schon die Goldstücke zählte, die sein neues Opfer für ihn aus dem Brunnen holen sollte. Der Jüngling verbarg sein Frohlocken und willigte ein. Sein Erzfeind lieferte sich ihm selbst ans Messer – was wollte er mehr!

Einige Tage später befahl der Herr dem Jüngling, der sich nun Hassan nannte, Sack und Seil zu nehmen und ihn auf eine Reise zu begleiten. Nach einigen Tagen gelangten sie an den bewussten Brunnen, wo der Schurke die Abdeckplatte beiseite schob und sodann zu seinem Diener sagte: „Hier, binde dir das Seil um den Körper und nimm den Sack. Ich lasse dich dann in den Brunnen hinunter. Dort unten füllst du den Sack mit allem, was herumliegt, bindest ihn an das Seil und ich ziehe ihn hinauf. Danach hole ich dich wieder hoch."

Er hatte seinen letzten Satz kaum zu Ende gesagt, da fuhr der Jüngling auf: „Du gieriger Schurke! Einmal schon hast du mich hier im Brunnen dem Tod überlassen! Jetzt willst du es erneut versuchen? Aber diesmal nicht!" Noch ehe der andere begriff, was geschah, zog der Jüngling seinen Dolch, schnitt ihm den Kopf ab und warf ihn in den Brunnen. Dann schob er die Platte wieder über die Öffnung und kehrte nach Bagdad zurück. Dort mietete er sich ein Haus und einige Diener, von denen er das Gold und Silber aus dem Brunnen bergen ließ. Dann suchte er sich eine schöne Braut, heiratete und führte fortan ein glückliches Leben. Das Schicksal hatte aus dem armen Hirtenjungen einen stattlichen Mann gemacht, dessen Reichtum nicht zu übersehen war.

Nun geschah es, dass der Padischah der Stadt einem anderen Padischah den Krieg erklärte. Das Problem war nur: für einen Krieg brauchte man Geld, und in den Kassen des ersten Padischahs herrschte gähnende Leere. Der Herrscher begann also, von allen Seiten Geld zu sammeln, und da Mahmud sehr reich war, gab er viel und reichlich. Mit diesem Geld konnte der Padischah genügend Söldner anwerben, um seinen Feind zu besiegen. Als einige Zeit später der Padischah starb, verfielen die Führer des Landes auf die Idee, den reichsten Bewohner der Stadt zum Padischah zu wählen. Und wer war der reichste Mann Bagdads? Richtig, niemand anders als unser Mahmud. So wurde aus dem einfachen Hirtenjungen ein Padischah. Alles hätte so schön sein können, wenn es da nicht ein klitzekleines Problem gegeben hätte: Mahmud hatte nie eine Schule besucht; was hätte das einem armen Hirtenjungen auch gebracht? Aber ein Padischah, der nicht lesen und schreiben konnte? Das ging nun wirklich nicht, fanden die Wesire, und beschlossen, für den Padischah einen Lehrer aufzunehmen, der den Herrscher im Lesen und Schreiben unterweisen sollte.

Eines Tages sprach dieser Hodscha zu Mahmud: „Padischah, ich will dich nun in der Kunst der Sterndeutung unterrichten?" Verwundert sah Mahmud ihn an: „Was ist denn das für eine Wissenschaft, und welchen Nutzen werde ich daraus haben? Lehre mich lieber etwas anderes!" Davon aber wollte der Hodscha, der ein großer Anhänger der Astrologie war, nichts wissen. „Draußen im

Stiegenhaus liegt ein Buch. Bring es her, dann werde ich dir sagen, was Sterndeutung ist." Gehorsam, wie es einem Schüler gebührte, stand der Padischah auf, ging hinaus und sah dort tatsächlich ein Buch neben der Stiege legen. Als er es aber in die Hand nahm, kam ein riesiger Vogel geflogen, packte den Padischah und trug ihn mit sich fort. Nach etlicher Zeit landete der gefiederte Räuber, auf einem Platz, ließ seine Beute los und erhob sich wieder in die Lüfte. Mahmud blieb allein und hilflos in der Dunkelheit zurück.

Manchmal vergehen die Stunden wie im Fluge; für den Padischah aber schien eine Ewigkeit zu vergehen, bis endlich der Morgen graute und er erkennen konnte, wo er sich befand. Wobei – wirklich weiter brachte ihn das auch nicht. Er befand sich in der Nähe eines Friedhofs, und wo ein Friedhof war, konnte eine Stadt nicht weit sein. Und so war es auch. „Kannst du mir sagen, wie viele Tagesreisen es von hier nach Bagdad sind?" sprach er einen Mann in den Gassen an. Der aber schüttelte nur verwundert den Kopf. „Bagdad? Noch nie gehört! Wo soll das sein?" Mahmud konnte seine Bestürzung nur schwer verbergen. Er fragte einen zweiten, einen dritten...keiner von ihnen hatte auch nur von Bagdad, der Prächtigen, der Einzigartigen, gehört! Mahmuds Verzweiflung wuchs von Minute zu Minute. Endlich sagte ein Greis nach langem Nachdenken: „Ich weiß zwar nicht, wo Bagdad liegt, aber der Vater meines Großvaters war vor 200 Jahren dort. Das hat mir mein Vater erzählt, als ich noch ein Knabe war." Der Padischah schlug die Hände vors Gesicht und seufzte tief. Vom höchsten Thron hatte ihn das Schicksal ins tiefste Elend gestürzt! Wie sollte er jemals wieder nach Bagdad gelangen? Einige Minuten gab er sich der Verzweiflung hin. Dann aber fügte er sich in sein Schicksal. Allahs Wille war unergründlich.

Mit diesem Gedanken ging er in ein Kaffeehaus, trank Kaffee und rauchte Tschibuk zur Beruhigung. Doch die Erholung war nur von kurzer Dauer: Als er bezahlen wollte, fand er seine Geldbörse nicht mehr in der Tasche. „Vielleicht habe ich sie auf dem Friedhof verloren", sagte er dem Kaffeesieder. Der hatte da zwar so seine Zweifel, aber er wollte seinem Gast den schmalen Streifen der Hoffnung nicht nehmen. Mahmud ging also zurück an jene Stelle, an der der Vogel ihn abgesetzt hatte, aber auch dort war die Geldbörse nicht. Traurig kehrte er zu dem Kaffeesieder zurück. Der erwartete ihn bereits. „Habe ich es dir nicht gesagt?" begrüßte er den Unglücksraben. „Aber geh auf den Markt. Dort findest du einen Mann, der schon so manche verlorene Geldbörse wieder zum Vorschein gebracht hat." Voller Hoffnung eilte der Padischah auf den Markt, und fand tatsächlich auch bald den Mann, den ihm der Kaffeehausbesitzer gewiesen hatte.

„Die Börse war rot und blau", antwortete er auf eine entsprechende Frage. Da öffnete der Mann einen Kasten und entnahm ihm zu seiner größten Verwunderung die vermisste Geldbörse. „Ist es diese?" – „Ja. Aber wie...?" Der Mann lächelte nur und legte den Finger an die Lippen.

Mit wiedergefundener Geldbörse in der Tasche sah die Stadt nun gleich viel freundlicher aus. Um ehrlich zu sein, sie gefiel Mahmud so gut, dass er beschloss, dort zu bleiben. (Ganz davon abgesehen, hätte er auch gar nicht gewusst, wo er hin sollte.) Er mietete sich also ein Haus, besuchte täglich das Kaffeehaus, dessen Besitzer sich hervorragend aufs Kaffeesieden verstand, und da ein Mann nun mal so seine Bedürfnisse hat, fragte er seinen guten

Bekannten, den Kaffeesieder, ob er ihm nicht eine anständige Frau empfehlen könne. „Willst du denn ein Mädchen oder eine Witwe?" fragte der Ladenbesitzer. Mahmud zuckte mit den Schultern. „Das ist mir egal. Hauptsache, sie ist anständig" - und zärtlich im Bett, setzte er in Gedanken hinzu. Der Kaffeehausbesitzer dachte kurz nach und wies ihn erneut auf den Markt. Dort würde er einen Mann finden, der ihm helfen könne. Mahmud trank noch rasch seinen Kaffee aus und eilte dann auf den Markt; er hatte offenbar wirklich ein dringendes männliches Bedürfnis.

Der Heiratsvermittler hörte sich Mahmuds Anliegen an, öffnete sein Register und meinte, er hätte dort und dort eine anständige Witwe. Dann schrieb er etwas auf ein Papier und gab es seinem Kunden. „Bring das dem Imam, er wird dir die Witwe zuführen." Mahmud tat, wie ihm geheißen. Der Imam nahm den Zettel, las, sah den Überbringer der Nachricht prüfend an und meinte dann: „Es hat alles seine Richtigkeit. Aber ich warne dich: wenn du die Frau geheiratet hast, darfst du dich nicht in Allahs Angelegenheiten einmischen. Wenn du das tust, ist alles verloren." Mahmud wunderte sich zwar nicht wenig über die merkwürdigen Worte des Imam, versprach aber, sich an die Warnung zu halten. Daraufhin verlobte der Imam ihn mit der Frau und führte ihn gegen Abend in ihr Haus. Nach der Hochzeitsnacht nahm die Frau 100 Goldstücke, gab sie ihrem frischgebackenen Ehemann und sagte: „Hier, nimm dieses Geld und eröffne damit ein Geschäft. Du darfst für die Ware jedoch niemals mehr verlangen, als du selbst dafür bezahlt hast." Mit gewinnorientiertem Wirtschaften hat eine solche Handlungsweise natürlich ganz und gar nichts zu tun. Im Gegenteil: Früher oder

später würde der Tag kommen, an dem es nichts mehr zu verkaufen gab, weil alle Waren verkauft waren. In unserem Fall kam dieser Tag eher später – Jahre später, um genauer zu sein, denn 100 Goldstücke bedeuteten in der damaligen Zeit ein stattliches Vermögen. Von dem Erlös der verkauften Waren besorgte Mahmud Lebensmittel für sich und seine Frau. Aber wie bereits gesagt, alles hat einmal ein Ende, und so stand Mahmud denn eines Tages vor leeren Regalen. Geld war natürlich auch keines mehr da. „Was sollen wir jetzt tun?" fragte er und blickte seine Frau hilflos an. Die aber ging zum Schrank, öffnete ihn, nahm 100 Goldstücke heraus und gab sie ihm mit den Worten: „Hier sind die 100 Goldstücke, die ich dir gegeben hatte. Kaufe dafür wieder, was du willst, und verkaufe es wieder." Verblüfft starrte Mahmud seine Frau an. „A-aber!", stotterte er nach einer Weile. „Wie ist das möglich? Ich habe mich doch genau an deine Weisung gehalten und das, was ich für 100 Goldstücke gekauft habe, für denselben Betrag wieder verkauft und von dem Erlös unser Essen bezahlt. Wie kannst du dann behaupten, es seien dieselben 100 Goldstücke?" Die Frau aber entgegnete nur: „Das ist Allahs Sache, da können wir uns nicht einmischen." Mahmud aber ließ nicht locker und drängte sie wieder und wieder, ihm zu sagen, wie dies alles möglich sei. Da öffnete die Frau das Fenster und schrie in die Gasse hinaus: „Ihr Nachbarn, kommt alle herbei! Mein Mann will sich in Allahs Angelegenheiten mischen!"
Mahmud erbleichte, aber noch ehe er reagieren konnte, drangen die ersten Nachbarn mit Stöcken und Knüppeln bewaffnet ins Haus ein und droschen auf ihn los. Nur mit Mühe gelang es dem Unglücksraben, zu fliehen. Da kam auf einmal wieder der Vogel angeflogen, ergriff ihn und

setzte ihn nach raschem Flug wieder ab. Und wisst ihr wo? Richtig! Genau neben der Stiege, wo er nach dem Willen des Hodscha das Buch hatte holen sollen. Sogar die Kerze, die er dort abgestellt hatte, um das Buch zu betrachten, war noch da; sie war nur etwas weiter heruntergebrannt. War das alles etwa nur ein Traum gewesen? Es schien fast so, nur: Warum fühlte er sich, als hätte man ihn durchgeprügelt? Kopfschüttelnd nahm der Padischah das Buch und brachte es dem Hodscha. „Lange bist du fortgeblieben", sagte der Hodscha, wobei ein wissendes Lächeln um seine Lippen spielte. Immer noch fassungslos erzählte ihm der Padischah seinen merkwürdigen und so seltsamen Traum. „Siehst du", meinte der Hodscha, und sein Lächeln verbreiterte sich. „Das ist die Wissenschaft der Sterndeutung."
Da begriff der Padischah, küsste dem Hodscha die Hand, und folgte dann fleißig den Lehren des weisen Mannes.

Der Zauberspiegel

Vor langer Zeit herrschte in einer Stadt, ich weiß nicht wo, ein Padischah, der nicht nur die üblichen drei Söhne, sondern auch einen ganz besonderen Spiegel sein Eigen nannte. Der Spiegel besaß nämlich die wunderbare und für einen Herrscher äußerst nützliche Eigenschaft, dass er jedem, der am Morgen in ihn blickte, zeigte, was am Tage alles passieren würde. Ihr könnt euch also sicher vorstellen, was der Padischah jeden Morgen gleich nach dem Aufstehen machte, oder? Der allmorgendliche Blick in den Spiegel war dem Herrscher geradezu in Fleisch und Blut übergegangen. Warum er es dennoch eines Morgens vergaß und sich sofort seinen Tagesgeschäften widmete, weiß nur Allah. Erst am Abend wurde ihm bewusst, dass etwas fehlte, um den Tag vollkommen zu machen. Rasch eilte er in sein Zimmer, um das Versäumte nachzuholen, doch in dem Schrank, in dem sonst der magische Spiegel lag, herrschte gähnende Leere. Habe ich ihn etwa verlegt? grübelte der Padischah. In den folgenden Stunden wurde der ganze Palast auf den Kopf gestellt, indes – der Spiegel war und blieb verschwunden. Der Padischah war über den Verlust seines magischen „Auges" untröstlich, und jammerte und seufzte, dass es einen Stein hätte erweichen können.

Als seine Söhne am nächsten Tag in den Palast zurückkehrten und die Ursache seines tiefen Schmerzes erfuhren, baten sie ihn um die Erlaubnis, den Zauberspiegel suchen zu dürfen. Ihre Worte waren wie Balsam auf die leidgeplagte Seele des unglücklichen Padischahs. Voller Hoffnung erteilte er ihnen seinen Segen, und die Brüder machten sich auf den Weg. Nach etlichen Tagen kamen sie an einen Kreuzweg, von dem drei Wege in unterschiedliche Richtungen abzweigten. In der Mitte des Kreuzwegs stand ein steinerner Wegweiser.

„Dies ist der Weg der Ausschweifung", verhieß er in die erste Richtung. „Dies hier ist der Weg des Wirtshauses", stand über dem zweiten Pfeil. Keine schlechten Aussichten, oder? Umso bedrohlicher klang die Verheißung des dritten: „Dies hier ist der Weg ohne Wiederkehr."

„Ich nehme den Weg der Ausschweifung", erklärte der älteste Bruder. „Ich den Weg der Wirtshauses" sagte der zweite, während ihm beim Gedanken an süßen Wein schon ganz trunken wurde. „Nun, dann bleibt für mich ja nur der Weg ohne Wiederkehr", meinte der jüngste. Bevor sie sich trennten, vereinbarten die Brüder, dass derjenige, der als erster wieder an der Kreuzung anlangte, seinen Ring hinter den Stein legen sollte, damit die anderen wussten, was mit ihm geschehen war.

Lassen wir die beiden älteren Brüder ihrer verheißungsvollen Wege ziehen, denn wie ihr bestimmt schon erraten habt: Uns interessiert nur der jüngste Prinz – derjenige, der den wenig ermutigenden „Weg ohne Wiederkehr" eingeschlagen hatte.

Nach einiger Zeit erreichte der Prinz die Spitze eines Berges. Dort sah er eine Dew-Mutter, die gerade dabei war, Halva zu bereiten. Nun hatten Dews im allgemeinen eine äußerst unangenehme Vorliebe für Menschenfleisch. Aber auch den Dews galt die Gastfreundschaft als heilig, und das wusste der Prinz zum Glück. Er eilte also auf die Dew-Mutter zu, umarmte sie, sprach sie mit „Mein Mütterchen" an und trank (um auf Nummer sicher zu gehen) von ihrer Brust. Die Dew ließ diese seltsame Art der Begrüßung geschehen und streichelte dem Jüngling über den Kopf. „Söhnchen", meinte sie schließlich freundlich, „hättest du mich nicht mit *Mein Mütterchen* angesprochen, so hätte ich dich in Stücke gerissen." – „Und ich", vollendete der Jüngling die rituelle Begrüßungsformel, „hätte dich mit meinem Schwert erschlagen, wenn du mich nicht mit den Worten *Mein Söhnchen* begrüßt hättest." Wirklich eine „nette" Art der Begrüßung, nicht wahr? Damals aber war ein derartiger Austausch von Höflichkeiten und Drohungen so üblich wie unser heutiges „Guten Tag, wie geht's, wie steht's?"

Der Jüngling erzählte der Dew-Mutter, dass er den magischen Spiegel seines Vaters suche. „Oh weh!" rief die

Dew-Mutter. „Den Spiegel haben ein paar Dews gestohlen. Sie trugen ihn in ihren Garten und hüten ihn dort wie ihren Augapfel." Sie widmete sich kurz ihrem Halva und fuhr dann geringschätzig fort: „Na ja, jedenfalls wollen sie ihn scharf bewachen. Aber die Herren Dew sind – wie die meisten Männer übrigens – ziemlich faul und schlafen die meiste Zeit. Wenn du also in den Garten gehst, wirst du viele Dews sehen, die schlafen. Störe dich nicht an ihren offenen Augen – die Dews schlafen mit offenen Augen. Du kannst getrost hingehen und dir den Spiegel holen. Aber hüte dich, einen der Bäume zu berühren – auch wenn dich die Edelsteine und Diamanten daran noch so locken!"

Der Prinz bedankte sich für die Hilfe der Dew-Mutter und ging in die Richtung, die sie ihm gewiesen hatte. Nach etlicher Zeit gelangte er an den Garten der Dew und fand dort alles so, wie die Dew-Mutter es ihm beschrieben hatte. Er schlich sich an den schlafenden Dew vorbei, nahm den Spiegel und war schon fast wieder draußen, als er der Versuchung nicht mehr widerstehen konnte. „Sie werden es schon nicht merken, wenn ich einen Zweig abreiße." Kaum aber hatte er ein Zweiglein abgebrochen, sprangen die Dew wie auf ein geheimes Kommando hin auf und schrien ihn zornig an: „Wie konntest du es wagen, hierher zu kommen, Mensch!" Zu Tode erschrocken warf sich der Prinz ihnen zu Füßen und flehte sie an, ihn zu verschonen. „Nun gut", sprachen die Dew nach kurzer Beratung. „Wir lassen dich gehen, und du sollst sogar den Zauberspiegel haben – aber nur unter einer Bedingung: Du musst uns das Schwert des Arab-Üzengi bringen!" Was blieb dem Prinzen übrig, als ihnen sein Wort zu geben? Darauf ließen ihn die Dew gehen. Sorgen, dass er auf Nimmerwiedersehen verschwinden würde, brauchten sie sich keine zu machen.

Wer sein Wort brach, galt vor aller Welt als ehrloser Schurke und hatte sein Leben verwirkt.

Geknickt kehrte der Jüngling zu der freundlichen Dew-Mutter zurück und klagte ihr sein Leid. „Habe ich dich nicht davor gewarnt, ihr Eigentum anzutasten?" schalt sie den Unglücksraben. „Nun, was willst du jetzt tun?" – „Kannst du mir nicht einen Rat geben?" bat der Jüngling. Die Dew-Mutter ließ ihn noch ein wenig zappeln, aber schließlich erbarmte sie sich des Pechvogels. „Wenn du in diese Richtung gehst, gelangst du an einen Seraj, dessen eine Tür du offen finden wirst, während die andere geschlossen ist. Du musst die offene Tür schließen und die geschlossene öffnen. Wenn du hineingehst, siehst du rechts einen Löwen und neben ihm ein Stück Fleisch, links aber einen Hund und neben ihm ein Büschel Gras. Du musst dem Löwen das Gras und dem Hund das Fleisch geben. Dann gehst du die Treppe hinauf. Dort wirst du den Arab-Üzengi in seinem Zimmer schlafend finden. Sein Säbel hängt an der Wand. Nimm ihn, und dann bring ihn schnell hierher. Aber ich warne dich: Ziehe auf keinen Fall den Säbel aus der Scheide."

Der Prinz tat, wie ihm geheißen, und hatte mit dem Säbel auch schon fast die Wohnung der Dew-Mutter erreicht, als er auf den verhängnisvollen Gedanken kam, den Säbel einmal betrachten zu wollen. Jetzt kann er mir ohnehin nichts mehr tun, dachte er sich. Kaum hatte der Prinz aber den Säbel aus der Scheide gezogen, fühlte er eine schwere Hand auf seiner Schulter, und eine grollende Stimme sagte zu ihm: „Ich werde dich schon meine Macht fühlen lassen!" Im nächsten Moment flogen sie durch die Lüfte in den Saraj dess Arab-Üzengi.

Glücklicherweise hatte die Dew-Mutter, die den Leichtsinn der Menschen kannte, genau das vorausgesehen und ihren Schützling entsprechend unterwiesen. Vierzig Tage lang, hatte sie gesagt, würde der Arab-Üzengi ihn in allen möglichen Künsten unterrichten und ihn am Ende eines jeden Tages fragen: „Weißt du es schon?" Er müsse darauf stets zur Antwort geben: „Ich weiß es nicht."

Und so geschah es. Nur eine Kleinigkeit hatte die gute Dew-Mutter nicht erwähnt: Der Arab-Üzengi pflegte jedes „Ich weiß es nicht!" mit einer Tracht Prügel zu quittieren. Die hatte der neugierige Prinz aber auch redlich verdient. Nach vierzig Tagen hatte der Arab-Üzengi die Nase von seinem begriffsstutzigen Azubi so gestrichen voll, dass er ihn freiließ unter der Bedingung, er müsse ihm die Tochter des Padischahs der Peris bringen.

„Habe ich dich nicht davor gewarnt, den Säbel aus der Scheide zu ziehen?" fragte die Dew-Mutter bei seiner Rückkehr, und verschränkte die Arme vor der Brust. „Ach bitte, hilf mir noch ein Mal!" bettelte der Prinz, bis sich die Dew-Mutter breitschlagen ließ. „Also gut", seufzte sie. „So wisse denn: Das Mädchen wohnt in einer Stadt, die für Männer verboten ist. Die Prinzessin besitzt nämlich einen Talisman, und der würde seine Kraft verlieren, wenn ein Mann in die Stadt käme. Dieser könnte dann mit dem Mädchen machen, was er will. Hast du das verstanden?" Der Prinz nickte. „Gut. So höre weiter: Sowohl die Dews als auch der Arab-Üzengi sind schon seit Jahren in das Mädchen verliebt und hätten sie schon längst geholt, wenn der Talisman sie nicht daran gehindert hätte."

„Aber wie soll ich dann in ihre Nähe gelangen?" fragte der Prinz. Die Dew-Mutter sah ihn vorwurfsvoll an. „Also wirklich! Hast du denn bei dem Arab-Üzengi gar nichts gelernt?" Das Gesicht des Jünglings hellte sich auf. „Doch, natürlich habe ich das. Ich kann mich zum Beispiel in einen Vogel verwandeln."

„Na siehst du!" sagte die Dew-Mutter zufrieden. „Du wirst in Vogelgestalt in den Seraj des Mädchens fliegen. Dort steht ein steinerner Käfig. Wenn du in den hineinsteigst, verliert der Talisman des Mädchens seine Kraft und du kannst mit ihr machen, was du willst. Du nimmst sie dann und bringst sie dem Arab-Üzengi."

Der Prinz verwandelte sich also in einen Vogel, flog in die Stadt, fand mit Leichtigkeit den Seraj und setzte sich in das steinerne Vogelhaus. Im gleichen Moment spürte die Prinzessin, die neben dem Käfig saß, wie die Macht ihres Talismans erlosch. Als Tochter des Feenkönigs erkannte sie mit Leichtigkeit, dass der Vogel in Wirklichkeit ein Mann war. „Nun, Erdensohn", sagte sie schicksalsergeben, „Jetzt bin ich ein gewöhnlicher Mensch geworden. Du brauchst dich nicht mehr zu fürchten, denn ich kann dir nichts mehr tun." Daraufhin schüttelte sich der Vogel, und vor dem Mädchen stand ein schöner Jüngling, der das Herz der Prinzessin in Flammen setzte. Noch zur selben Stunde ließ sie in der Stadt verkünden, dass von dieser Stunde an jeder Mann und jede Frau in die Stadt kommen dürfe. Ihrem verblüfften Vater teilte sie mit, dass sie sich mit einem Sterblichen verlobt habe. Was blieb dem Feenkönig unter diesen Umständen anders übrig, als seinen Segen dazu zu geben?

„Ich bin der Sohn eines Padischah", sagte der Prinz zu seiner Braut. „Ich möchte dich meinem Vater vorstellen. Er wird eine prächtige Hochzeit für uns ausrichten, du wirst schon sehen." So machten sich die beiden jungen Leute auf den Weg.

Bald jedoch merkte die Prinzessin, dass der Jüngling sie geradewegs zum Seraj ihres verhassten Verehrers führte. „Beruhige dich, Liebste", tröstete der Prinz das weinende Mädchen. „Ich muss dich dorthin führen, denn ich habe dem Arab-Üzengi mein Wort gegeben. Aber ich werde dich auf keinen Fall dort lassen! Dazu habe ich dich viel zu gerne. Lieber sterbe ich!" Das Mädchen wischte sich schniefend die Tränen weg und schmiegte sich an ihn. Der Jüngling aber musste sich gar nicht mit Arab-Üzengi messen. Als der Arab ihn und seine Braut sah, rief er ihnen schon aus der Ferne zu: „Wie hast du es geschafft, die Prinzessin zu erobern? Wer weiß, wozu du sonst noch fähig bist! Komm bloß nicht näher, ich habe Angst vor dir! Du kannst meinetwegen das Mädchen behalten. Ich gebe dir sogar meinen Säbel dazu, aber bleib mir vom Leibe!" Nichts tat der Prinz lieber.

Nun ging er geradewegs zum Garten der Dew, wo sich dasselbe Spiel wiederholte: „Komm bloß nicht näher!" riefen sie, als sie den Prinzen mit der Peri-Prinzessin und dem Säbel des Arab-Üzengi sahen. „Du hast die Peri-Prinzessin und den Säbel des Arab-Üzengi erobert – wer weiß, was du sonst noch kannst! Bleib uns vom Leibe! Wir geben dir auch den Spiegel dafür, und den Zweig aus unserem Garten kannst du auch behalten" So zog der Prinz mit seiner Braut, dem legendären Säbel des Arab-Üzengi, dem Edelsteinzweig und dem Zauberspiegel davon – und das alles, ohne einen Tropfen Blut zu vergießen. Die Dew-Mutter empfing die Reisenden mit Freuden und bewirtete sie auf das Köstlichste. Dann traten sie den Heimweg an.

Nach langer Reise erreichten sie den Kreuzweg. „Warte hier", sagte der Prinz zu seiner Braut und eilte zu dem Stein. Zu seiner Verwunderung lagen die Ringe seiner

Brüder noch immer dort. Was konnte das bedeuten? War ihnen am Ende gar etwas zugestoßen? Während er noch darüber nachgrübelte, erblickte er in der Ferne zwei jämmerlich verwahrloste Gestalten, in denen er mit Mühe seine Brüder wiedererkannte. Entsetzt eilte er ihnen entgegen und umarmte sie. Als die beiden jedoch das Mädchen und den Zauberspiegel bei ihm bemerkten, wurden sie von Neid ergriffen. Wie kann es sein, dass ausgerechnet er nicht nur den Spiegel zurückbringt, sondern dem Vater zugleich noch eine Braut, so schön wie der Vollmond, präsentiert? grollten sie.

„Wie ist es dir ergangen? Sag, was hast du erlebt?" fragten sie mit falscher Freundlichkeit. Nichtsahnend erzählte ihnen der Prinz seine Abenteuer, und mit jedem Wort fraß sich der Stachel des Hasses tiefer in die Herzen seiner Brüder. Als er geendet hatte, kannten sie nur ein Ziel: ihren Bruder, der so viel mehr Glück hatte als sie, zu verderben. Nur wie?

Die Gelegenheit kam, als sie nach etlichen Stunden eine Rast einlegten und auf der Suche nach Wasser auf einen Brunnen stießen. Sie schoben die Abdeckplatte von der Öffnung, aber anstatt nun das Schöpfgefäß herunterzulassen, sagten die älteren Brüder zu unserem Prinzen: „Wir wollen dich in den Brunnen hinablassen. Dort kannst du diesen großen Krug mit Wasser füllen. Wir ziehen ihn hinauf und lassen dir das Seil wieder herunter." Nun, eine besonders große Geistesleuchte war der Prinz offenbar nicht, denn er ließ sich tatsächlich auf dieses leicht durchschaubare Spiel ein. Was folgte, könnt ihr euch denken: Die boshaften Prinzen ließen ihren jüngsten Bruder im Brunnen zurück, schoben zu allem Überfluss die Abdeckplatte wieder über die Öffnung, und kehrten zu dem wartenden Mädchen zurück, dem sie erzählten, ihr Bruder würde später nachkommen. Das Pferd des Prinzen ließen sie am Brunnen stehen.

Während die verräterischen Brüder sich längst auf dem Weg nach Hause befanden, wartete der Prinz noch immer darauf, dass das Seil heruntergelassen würde. Selbst die Tatsache, dass die Abdeckplatte wieder auf der Brunnenmündung lag, machte ihn nicht stutzig. Langsam aber dämmerte ihm, was die Stunde geschlagen hatte. Na da hättet ihr hören sollen, wie der Prinz mit Jammern und Wehklagen anfing! Der Padischah unterdessen freute sich sehr über die glückliche Heimkunft der Brüder und noch mehr darüber, dass er seinen heißgeliebten Zauberspiegel wieder in den Händen halten konnte. „Aber sagt, wo habt ihr denn euren Bruder gelassen?" wollte er endlich wissen. „Ach der", erwiderten die Brüder. „Wir haben uns auf der Suche nach dem Spiegel getrennt, und haben ihn seitdem nicht wiedergesehen." Damit gab sich der Padischah zufrieden. Ja, er war sogar so zufrieden, dass er seinen jüngsten Sohn bald völlig vergaß und die unglückliche Prinzessin mit dem ältesten Prinzen verlobte. Das arme Ding – was sollte sie nur tun?

Während droben im Palast die Hochzeitsvorbereitungen im vollen Gange waren, weinte sich drunten im Brunnen der Prinz die Augen blind. Die Rettung kam von einer Seite, mit der keiner gerechnet hatte. Halb wahnsinnig vor Hunger und Durst, begann das Pferd des Prinzen mit seinen Hufen die eiserne Abdeckplatte zu bearbeiten, bis sie unter den Hufschlägen zusammenbrach. Als der Jüngling das Wiehern seines Gauls hörte, nahm er all seine Kräfte zusammen und kroch an den Wänden hinauf.

Gerade als er erschöpft über die Brunnenbrüstung fiel, flogen zwei Vögel vorüber und setzten sich neben ihn. Der eine Vögel sprach: „Wenn dieser Jüngling meine herabgefallene Feder fände und sich damit über die Augen streichen würde, so könnte er wieder sehen", worauf der zweite erwiderte: „Und wenn er die Augen seines Pferdes mit meiner Feder bestreichen würde, so würde auch das Pferd sein Augenlicht zurückbekommen." Welch ein Glück, dass der Prinz bei Arab-Üzengi die Vogelsprache gelernt hatte! Als die Vögel fortgeflogen waren, kroch er auf dem Boden herum, bis er die beiden Federn fand. Damit rieb er seine eigenen Augen und die seines Pferdes, und siehe – die Vögel hatten die Wahrheit gesprochen. (Ganz nebenbei gesagt: Tiere kennen keine Prahlerei! Das ist eine Sache der Menschen.)

Sofort stieg der Jüngling auf sein Ross und ritt geradewegs zum Palast seines Vaters. Der war natürlich hocherfreut über die Rückkehr seines jüngsten Sohnes. Nachdem er ihn umarmt und geküsst hatte und der Prinz ihm vom Verrat seiner Brüder erzählte, verfinsterte sich das Gesicht des Padischahs. Voller Grimm ließ er die beiden älteren Prinzen hinrichten. Den jüngsten aber verheiratete er mit der Prinzessin, und dann wurde Hochzeit gefeiert – vierzig Tage und Nächte lang. Ich war auch dabei, und was ich dort alles erlebt habe ... Aber das ist eine andere Geschichte.

DER BRAUNE BÄR VON NORWEGEN

Vor vielen Jahrhunderten lebte in Norwegen ein König, der mit drei wunderschönen Töchtern gesegnet war. Als sie eines Tages im Garten spazieren gingen, sagte er zu ihnen:

„Nun, meine Lieben, es ist an der Zeit, dass ihr euch einen Gatten erwählt. Sagt mir: wen wünscht ihr euch zum Gemahl?"

„Ich will den König von Ulster!" rief die Älteste rasch. „Und ich", fügte die Mittlere hastig hinzu, „den König von Münster." – „Ich wünsche mir den Braunen Bär von Norwegen", erklärte die Jüngste. „Ach du Dummchen!" prusteten die älteren Schwestern. „Du glaubst doch nicht wirklich noch an das alte Ammenmärchen vom verzauberten Prinzen!" Die Prinzessin aber ließ sich von ihnen nicht irre machen, und das aus gutem Grund: Sie träumte nämlich Nacht für Nacht von diesem Prinzen; in der folgenden Nacht sogar so lebhaft, dass sie davon aufwachte. Nachdem sie vergeblich versucht hatte, wieder einzuschlafen, nahm sie eine Kerze und tappte auf nackten Sohlen zur Tür hinaus. Anstelle des vertrauten Ganges jedoch stand sie plötzlich vor einem großen Schloss, das von tausenden Kerzen erleuchtet wurde. Wie in Trance trat die Prinzessin ein und befand sich auf einmal inmitten einer fröhlichen Gesellschaft. Das Mädchen aber hatte nur Augen für ihren Prinzen, denn der befand sich natürlich auch unter den schmuck herausgeputzten Männern und Frauen. Kaum hatte er sie gesehen, kam er auf sie zu, kniete vor ihr nieder und bat sie, seine Frau zu werden. Freudig sagte die Prinzessin ja, und sogleich wurde die Trauung vollzogen. Danach verschwand die lustige Gesellschaft und ließ das junge Brautpaar allein zurück. Erst jetzt wurde der Prinzessin das Unwirkliche der ganzen Situation bewusst, doch zum Nachdenken sollte sie nicht kommen. „Liebster Schatz", begann der Prinz und sah sie traurig an. „Ich bin, wie du weißt, verzaubert. Einst begehrte eine alte Hexe von mir, ihre Tochter zu heiraten.

Ich lehnte natürlich ab. Zur Strafe belegte sie mich mit einem schrecklichen Fluch: Fünf Jahre lang muss ich Tag für Tag als Bär leben, und nur Nachts erhalte ich meine menschliche Gestalt zurück. Wenn sich in dieser Zeit keine Jungfrau findet, die mich aus freien Stücken heiratet, werde ich bis zum Ende meines Lebens dazu verdammt sein, als Bär die Wälder zu durchstreifen."

Als die frisch gebackene Königin am nächsten Morgen erwachte und das Bett neben sich leer fand, wurde sie sehr traurig und schlich den ganzen Tag wie ein Geist durch das Schloss. Umso glücklicher war sie, als der große Saal am Abend in hellem Licht erstrahlte und ihr geliebter Prinz und König hereintrat. Die ganze Nacht über blieb er bei ihr. „Ich bitte dich, Liebste, gräme dich nicht wegen meiner Verzauberung! Wenn du das tust, werden wir uns nie mehr wiedersehen dürfen!" Tapfer nickte die Prinzessin, und in der Tat – mit der Zeit gewöhnte sie sich daran, tagsüber alleine zu sein.

Nach einem Jahr erhielt die kleine Familie Zuwachs, denn die Prinzessin gebar einen wunderschönen Knaben, der seinem Vater wie aus dem Gesicht geschnitten schien. Sie war überglücklich, hatte sie doch jetzt tagsüber wenigstens ein Abbild ihres Geliebten bei sich. Doch das Glück währte nur wenige Wochen, denn als sie eines schwülen Sommerabends mit dem Baby auf dem Arm am Fenster saß, stürzte sich ein Adler auf sie und entriss ihr den Knaben. Die Prinzessin saß wie versteinert da und starrte dem Räuber hinterher. Der Schmerz brachte sie fast um, doch sie durfte auf keinen Fall weinen, denn sonst war alles verloren. Als der Prinz am Abend von der furchtbaren Tragödie erfuhr, fuhr er seiner Frau tröstend übers Haar und umarmte sie zärtlich.

Ein weiteres Jahr verging, und wieder gebar die Prinzessin ein gesundes Kind. Diesmal war es ein süßes Mädchen. Von diesem Zeitpunkt an durfte niemand das Fenster mehr als eine Handbreit öffnen; zu groß war die Angst der Prinzessin, dass ihr auch dieses Kind genommen würde. Doch es half alles nichts: Eines Nachts, als sie mit dem Prinzen zusammen saß, sprang ein großer Hund herein, riss das Kind aus der Wiege und lief damit zum Schloss hinaus. Sofort rannte die Prinzessin dem Biest hinterher, aber sie konnte es nicht einholen. Dann verschwand der Hund im dunklen Wald, und ihr Mädchen mit ihm. Wieder unterdrückte sie ihren Schmerz und ihre Wut, denn sie durfte nicht trauern.

Ein knappes Jahr später schenkte sie erneut einem Kindchen das Leben. Die Prinzessin gab feste Order, weder Fenster noch Türen zu öffnen, aber selbst das half nichts. Eines Abends trat eine fremde Frau in das Zimmer der Prinzessin, nahm das Kind aus der Wiege und verschwand. Die arme Prinzessin konnte noch nicht einmal sagen, ob sie durch den Schornstein geflogen oder im Erdboden versunken war. Wochenlang litt sie an Wahnvorstellungen, so dass alle schon fürchteten, sie würde vollends den Verstand verlieren. Endlich aber besserte sich ihr Zustand, und nach weiteren Wochen hatte sie sich einigermaßen erholt. Dafür fühlte sie plötzlich eine unstillbare Sehnsucht nach ihren Eltern und Geschwistern in ihrem Herzen.

„Geh nur", sagte der Prinz, der froh darüber war, dass sie wieder genesen war. „Und wenn du wieder zurück möchtest, so wünsche es dir einfach vor dem Zubettgehen." Als die Prinzessin am nächsten Morgen erwachte, glaubte sie zu träumen: Sie war wieder im Schloss ihres Vaters! Der

Prinz hatte Wort gehalten. Rasch zog sie an der Klingel, und wenige Augenblicke stürmten ihre Liebsten herein. Unzählige Tränen wurden vergossen, doch es waren keine Tränen der Trauer, sondern Tränen der Freude. Dutzende Male musste die Prinzessin erzählen, wie es ihr ergangen war. „Oh du Ärmste!" seufzten die Schwestern. „Wie schrecklich muss es für dich sein, den ganzen Tag ohne deinen Liebsten zu sein!" Wie konnte man ihrer unglücklichen Schwester nur helfen? Nach einem Überlegen fiel ihnen ein, die alte, weise Frau, die jeden Morgen die Eier ins Schloss brachte, um Rat zu fragen.

„Oh, das ist leicht", antwortete diese. „Eure Schwester soll nur aufpassen, wo ihr Gemahl die Bärenhaut hinlegt, und sie verbrennen. Dann muss er bei ihr bleiben." Der Prinzessin schien das ein guter Rat zu sein. Sie konnte es kaum erwarten, ihn in die Tat umzusetzen. Noch am gleichen Abend wünschte sie such zurück, legte sich schlafen, und fand sich in derselben Nacht in den Armen des Prinzen wieder. Sie herzten und liebten sich, doch als der Prinz ihr diesmal den üblichen Schlaftrunk reichte, schüttete sie den Inhalt des Bechers klammheimlich weg. Während der Prinz, erschöpft vom Liebesspiel, in tiefen Schlummer fiel, stand die Prinzessin vorsichtig auf, schnappte sich die Bärenhaut und warf sie ins Feuer. Brennen sollte das verdammte Ding, bis zum letzten Härchen!

Wie groß aber war ihr Entsetzen, als der Prinz am Morgen ihre Tat entdeckte und verzweifelt ausrief: „Oh du Unglückselige! Jetzt hast du uns auf ewig getrennt! Hättest du nicht noch zwei Jahre warten können? Die Eierverkäuferin war niemand anders als die böse Hexe! Die Bärenhaut schützte mich vor ihr, aber das ist jetzt vorbei.

Nun muss ich zu Fuß zu ihr und mit ihrer Tochter zusammen leben. Du aber siehst mich nicht mehr. Lebe wohl!" Damit küsste er sie ein letztes Mal und ging fort. Die Prinzessin stand einen Augenblick wie versteinert, dann zog sie sich hastig an und eilte ihm hinterher. Allein – sie konnte den Geliebten nicht mehr einholen, sondern schaffte es gerade noch, ihn nicht aus den Augen zu verlieren. Der Zauber, der den Prinzen gefangen hielt, bewirkte, dass er keine Müdigkeit verspürte. Ohne Rast und Ruhe marschierte er über Berge und Täler, durch Wälder und Wiesen, während die Prinzessin kaum noch einen Fuß vor den anderen setzen konnte. Endlich, als sie fast schon zusammenbrach, ging er in ein kleines Häuschen. Die Prinzessin taumelte hinterher und schrie vor Erstaunen leise auf. Warum, wollt ihr wissen? Nun, die Hütte gehörte einer Frau in mittleren Jahren, doch die Prinzessin nahm sie kaum wahr. Sie hatte nur Augen für den Prinzen. Er saß auf einer Bank und hatte ein Knäblein auf dem Schoß, das ihm wie aus dem Gesicht geschnitten war. Bei ihrem Eintritt blickte er auf, sah sie ernst an und sprach: „Dies ist dein ältestes Kind, und dort steht auch der Adler, der es wegtrug." Dabei deutete er auf die Frau.

Die Prinzessin hörte gar nicht richtig zu; zu groß war die Freude über das unerwartete Wiedersehen mit ihrem verloren geglaubten Sohn. Ihre Müdigkeit war mit einem Schlag wie weggeblasen. Unter Tränen herzte und liebkoste sie den Knaben, während die Fremde ihre wunden Füße mit einem heilkräftigen Öl salbte.

Als der Morgen graute, sprach der König zu ihr: „Ich muss nun weiter. Hier hast du eine Schere, die alles, was du damit schneidest, in reine Seide verwandelt. Sie wird dir noch von Nutzen sein." Er küsste sie zärtlich und sah sie so eindringlich an, dass sein Blick ihrem Herzen einen Stich versetzte. „Sobald sich die Sonne über den Horizont erhebt, werde ich dich vergessen. Erst nach Sonnenuntergang werde ich mich daran erinnern, dass ich eine Familie habe." Damit drehte er sich um und marschierte wie eine Maschine zur Tür hinaus. Die Sonne war aufgegangen, und mit ihren ersten Strahlen war jede Erinnerung aus seinem Gedächtnis entschwunden.

Wieder ging es viele Meilen über Stock und Stein, bis die Prinzessin kaum noch einen Fuß vor den anderen setzen konnte. Zum Glück ging gerade da die Sonne unter: Der Prinz kehrte in eine Hütte ein, wo er ihr ihr kleines Töchterchen präsentierte. Am Morgen schenkte er ihr einen Kamm, aber nicht etwa einen gewöhnlichen Kamm: Wer sich damit kämmte, dem fielen Perlen und Diamanten aus den Haaren.

Nach einem weiteren Tag gelangten sie erneut an eine Hütte. Hier fand die Prinzessin, wie ihr bestimmt schon erraten habt, ihr drittes Kind. Als der Morgen diesmal graute, gab der Prinz seiner Frau eine Haspel mit einem endlosen goldenen Faden und die Hälfte seines Traurings. Zärtlich strich er ihr über das Gesicht und sprach: „Der Fluch der Hexe ruft mich in diesen Wald dort. Sobald ich ihn betrete, werde ich mich an nichts mehr erinnern können. Nur wenn es dir gelingt, mich zu finden und deine Hälfte des Ringes neben die meine zu legen, werde ich wieder wissen, wer du bist."

Vergeblich versuchte die Prinzessin, ihn festzuhalten – die Macht des Fluches war stärker. Kaum hatte der Prinz den Wald betreten, wuchs dichtes Dornengestrüpp empor. Mit dem Mut der Verzweiflung stürzte sich die Prinzessin hinein, und oh Wunder – auf einmal wichen die Dornen vor ihr zur Seite und ließen sie durch. Bald stand sie vor einem großen Schloss. Dort, dachte sie, muss mein Liebster sein. Aber wie komme ich hinein? Ihr suchender Blick fand die Hütte eines Holzhackers. Als die Prinzessin bei ihr ankam, war die Hausfrau gerade mit der Wäsche beschäftigt. „Kannst du nicht eine Magd gebrauchen?" fragte sie. Die arme Holzhauerfrau lachte bitter auf. „Brauchen schon, aber wovon sollte ich eine Magd bezahlen? Du siehst doch, wie wir hier leben!" Die Prinzessin wehrte ab. „Mir ist es Lohn genug, als Magd bei dir dienen zu dürfen. Sieh her, ich gebe dir sogar Perlen und Diamanten, wenn du mich bei dir behältst." Bei diesem Angebot sagte die Holzhauerfrau natürlich nicht nein sagen, und so begann für die Prinzessin ein neues Leben als Magd.

Dass die arme Holzhauerfrau plötzlich eine Magd halten konnte, konnte nicht lange verborgen bleiben, noch dazu, wenn die Magd so jung und hübsch war wie diese hier. Bald pfiffen es die Spatzen von den Dächern, und so gelangte die Kunde auch ins Schloss. Als die Tochter der Hexe es hörte, wollte sie zu gerne wissen, ob das Gerücht der Wahrheit entsprach. Sie ging hinaus zur Hütte, wo die Magd gerade Papier schnitt. Doch was war das? Der Hexentochter fielen beinahe die Augen aus dem Kopf. Das Papier verwandelte sich ja in glänzende Seide! „Was willst du für diese Schere haben?" fragte sie atemlos. „Und wenn es auch 1000 Taler sind, ich muss sie haben!"

„Dein Geld brauche ich nicht!" versetzte die verkleidete Prinzessin. „Doch erlaube mir, eine Nacht im Schlafgemach deines Gemahls zuzubringen. Dann kannst du die Schere haben." Die Hexentochter wunderte sich zwar über den seltsamen Wunsch, aber ihr Verlangen nach der

Wunderschere war einfach zu groß. Außerdem hatte sie ja noch einen Trumpf im Ärmel. Sie sagte also ja und schickte die Magd in der folgenden Nacht in das Zimmer ihres Mannes. Mit so großer Hoffnung war die Prinzessin ins Schloss gegangen, und wie bitter wurde sie enttäuscht! Da lag ihr Geliebter vor ihr und schlief so tief, dass selbst die Posaunen des Jüngsten Gerichts ihn nicht hätten wecken können. Traurig sang sie:

> *„Vier lange Jahr'*
> *Dein Weib ich war,*
> *Der Kinder drei*
> *Ich dir gebar;*
> *Auf, brauner Bär, wach auf!"*

Der Prinz aber schlief wie ein Toter, und so musste sie am Morgen unverrichteter Dinge wieder hinaus.

Am Nachmittag ging die Hexentochter erneut zu der Holzhauerhütte. Vielleicht, so dachte sie, hat diese Magd ja noch mehr solch Wunderdinge. Und so war es auch. Als die Hexentochter all die Perlen und Diamanten sah, die beim Kämmen aus ihren Haaren fielen, begann sie vor Begierde regelrecht zu zittern. Der Preis war derselbe wie für die Schere. Doch auch diesmal erfüllte sich die Hoffnung der Prinzessin nicht. Nun hatte sie nur noch die Haspel mit dem goldenen Faden. Wenn der Prinz auch diesmal nicht aufwachte, war alles verloren.

Während sie traurig am Fenster der kleinen Hütte saß, kam der Prinz zufällig vorbei. Er erkannte sie zwar nicht, doch auch er war nur ein Mann, und Männer haben bekanntlich seit je her eine Schwäche für schöne Frauen. „Kann ich Euch nicht einen Gefallen tun, holde Maid?" flötete er. Die Prinzessin hätte fast aufgeschrien vor Freude, doch im letzten Moment hielt sie ihre Gefühle unter Kontrolle. „Oh ja", antwortete sie freundlich. „Trinkt heute Abend nicht aus dem Glas, das Eure Gemahlin Euch vor dem Schlafengehen reichen wird." Der Prinz wunderte sich zwar, gab ihr aber sein Wort. Kurz nachdem er fort war, kam die Hexentochter vorbei, sah die wunderbare Haspel mit dem goldenen Faden, und fragte nach dem Preis. „Der Preis ist derselbe wie gestern und vorgestern", versetzte die Magd. „Nun, wenn das so ist – den bezahle ich gerne!" erwiderte die Hexentochter.

In der Nacht sang die Prinzessin wieder:

„Vier lange Jahr'
Dein Weib ich war,
Der Kinder drei
Ich dir gebar;
Auf, brauner Bär, wach' auf!"

Verwundert stand der Prinz auf und sah sie an. „Erinnerst du dich denn gar nicht mehr an mich?" fragte die Prinzessin verzweifelt. Der Prinz schüttelte den Kopf. „Dann weißt du auch nicht, dass ich deine Frau bin?" – „Nein, aber ich wünschte, es wäre so!" – „Erkennst du diese Ringhälfte?" In diesem Moment fiel der Schleier des Vergessens von dem Prinzen ab, und der Zauber verlor seine Wirkung. Das Schloss begann zu zittern und bedrohlich zu schwanken. Hektisch rannten seine Bewohner ins Freie. Keinen Augenblick zu früh; kaum hatte der letzte das Schloss verlassen, stürzte es krachend zusammen. Die Hexe und ihre Tochter aber waren verschwunden und wurden nie wieder gesehen. Glücklich kehrten der Prinz und seine Gemahlin nach Hause zurück, und lebten fortan mit ihren drei Kindern in eitel Freud und Sonnenschein.

DAS ZAUBERSCHLOSS

In einem fernen Land, in einer fernen Zeit, kam der Sohn eines Padischahs ins heiratsfähige Alter. Während der Vater aus gutem Grund der Meinung war, dass man ein solch wichtiges Thema mit Bedacht angehen sollte, lag die Mutter des Prinzen ihren beiden Männern fast ohne Unterlass deswegen in den Ohren und ʹmachte sich schließlich, weil ihr alles nicht schnell genug ging, selbst auf die Brautschau. Die Suche gestaltete sich alles andere als einfach, denn erstens war die selbstbewusste Dame äußerst wählerisch, und zweitens mussten das Mädchen ihrer Wahl und dessen Eltern auch noch zustimmen. Nach einer gefühlten Ewigkeit fand sich doch noch ein passendes Mädchen, und die Hochzeitsvorbereitungen konnten beginnen. Sonderlich begeistert darüber scheint der Prinz nicht gewesen zu sein, und was er von der Braut hielt, die ihm die Mutter regelrecht aufgezwungen hatte ... nun, darüber hüllen wir lieber den Mantel des Schweigens. Anstatt sich dem Mädchen, das er ohnehin erst kurz vor der Hochzeit zum ersten Mal gesehen hatte, zu widmen, nahm er am Hochzeitsabend nach dem Abdest (kleine rituelle Reinigung) den Koran zur Hand und begann darin zu lesen. „Geh du schon schlafen, ich komme nach", gebot er seiner Braut.

Das Mädchen gehorchte, und war bald eingeschlafen. Darauf hatte der Prinz nur gewartet. Bedächtig zog er ein Schloss aus der Tasche hervor, das ihm sein Lala (Lehrer) gegeben hatte, als er noch ein Kind war. Es war natürlich kein gewöhnliches Schloss, sondern ein Zauberschloss, für das so mancher Gesetzeshüter vermutlich ein Vermögen geben würde: Wem immer man es auflegte, der begann, alle Sünden, die er jemals begangen hatte, herunter zu beten. Kaum lag das Schloss auf dem Nacken des schlafenden Mädchens, begann es mit monotoner Stimme zu sprechen: „Ich habe diesen Bej viele Wochen lang geliebt und das und das mit ihm getrieben...."

„Hinaus mit dir!" schrie der Prinz und jagte das Mädchen, das gar nicht wusste, wie ihm geschah, aus dem Zimmer. Seine Mutter war über diese unerhörte Entwicklung alles andere als glücklich und wollte sich sofort aufs neue auf die Suche begeben.

„Untersteh dich", fauchte der Prinz. „Ich allein bestimme, wen ich heirate, denn ich – und nicht du! – muss mit dieser Frau dann zusammenleben." Zu allem Überfluss stellte sich auch noch der Padischah auf die Seite seines Sohnes. Was blieb der heiratsversessenen Mutter da noch übrig?

Einige Zeit später ging der Prinz mit seinem Lala spazieren. Müde von der drückenden Hitze, suchten sie sich ein schattiges Plätzchen zum Ausruhen. Da erblickte der Jüngling ein armes Mädchen. Wie schön sie ist! dachte der Prinz. Wie anmutig ihre Bewegungen sind! Ihr Anblick hatte sein Herz in Flammen gesetzt. „Lala", sprach er, „diese und keine andere will ich heiraten."

Das Mädchen war so überrascht, dass es gar nicht wusste, was es sagen sollte. Als der Prinz sie fragte, stotterte sie nur „j-ja", und ehe sie es sich versah, fand sie sich in der Stadt wieder. Zu dritt schmiedeten sie nun einen Plan, denn auf keinen Fall durfte die Mutter des Prinzen, die eine sehr standesbewusste Frau war, von der ärmlichen Abstammung seiner Auserwählten bauen. Als erstes ließen die Verschwörer einen Konak bauen – Geld spielte ja für den Sohn des Padischahs keine Rolle. Dort brachten sie das Mädchen unter und unterwiesen es, wie es sich benehmen sollte, wenn die Mutter des Prinzen zur Brautschau käme.

Dann ging der Jüngling zu seiner heiratswütigen Mutter und erzählte ihr, dass er dort und dort ein Mädchen gesehen habe, das ihm gefiel. „Gehe doch zu ihr und halte für mich um ihre Hand an." Nichts hörte die Mutter lieber. Noch erfreuter war sie, als sie merkte, dass das Mädchen nicht nur schön war, sondern auch ein freundliches Wesen besaß und offenbar aus wohlhabenden Verhältnissen stammte. Dass ihr Sohn selbst für die Reichtümer im Konak des Mädchens gesorgt hatte, konnte sie natürlich nicht ahnen. „Du hast eine gute Wahl getroffen", erklärte sie ihrem Sohn. „Ich mag deine Auserwählte sehr." Zufrieden machte sich der Prinz nun auf den Weg, um bei den Eltern seiner Angebeteten um deren Hand anzuhalten. Die armen Leute glaubten sich verhört zu haben. Der Prinz wollte ihre Tochter heiraten? So etwas schickte sich doch nicht – oder? Trotz ihrer Armut zögerten sie zunächst, bevor sie ihre Zustimmung gaben.

Obwohl der Prinz das Mädchen sehr liebte, konnte er es nicht lassen, auch ihr in der Hochzeitsnacht seinen Lügendetektor in Form des Zauberschlosses auf den Nacken zu legen. Die junge Frau aber schlief seelenruhig und schwieg. Zufrieden steckte der Prinz sein Schloss wieder ein und legte sich zu ihr.

Von nun an lebte das junge Paar glücklich und in trauter Harmonie. Dann aber brach ein Krieg aus, und bald verbreitete sich das Gerücht, das Blutvergießen werde erst enden, wenn der Prinz selbst in den Kampf ziehen würde. Wenn der Padischah befahl, hatte selbst der Prinz keine andere Wahl: er musste in den Krieg ziehen, ob er wollte oder nicht. Weinend nahm das junge Paar Abschied voneinander. Dann ritt der Prinz hinaus, während die Sultana ihn mit ihren Blicken begleitete. Der Zufall wollte es, dass ausgerechnet in diesem Moment der Sohn des Peri-Padischahs in der Nähe weilte, die junge Frau am Fenster sah, und sich unsterblich in sie verliebte. „Mütterchen!" fragte er eine alte Frau, „Sag, wer ist die Schöne dort?" Die Alte sagte es ihm, aber das kühlte seine Leidenschaft keineswegs ab. Im Gegenteil: mehr denn je begehrte er, die junge Frau für sich zu gewinnen. „Hier, nimm diese diamantenbesetzten Holzschuhe, dazu den Gürtel und das Diadem, und bringe sie der Sultana zum Geschenk. Es soll dein Schade nicht sein." Die Augen der Alten blitzten listig. In den Seraj hineinzukommen, war nicht schwierig. Sie gab sich den Wachen gegenüber einfach als Amme der Sultana aus. Dann schmuggelte sie sich in die Gemächer der jungen Frau ein, überreichte ihr die Geschenke und erzählte ihr von der Liebe des Feenprinzen. „Ich will davon nichts hören!" rief das Mädchen. „Mein Herz gehört dem Schehzade, und niemandem sonst!"

„Überlege dir gut, ob es klug ist, den Sohn des Peri-Padischahs zurückzuweisen!" krächzte die Alte unheilvoll. „Wenn du ihn nicht erhörst, werde ich dich mit einem Fluch belegen, so dass du dich nicht mehr rühren kannst." Das Mädchen erbleichte. „Gut", sagte sie leise. „Ich werde mich mit ihm treffen – aber nur unter einer Bedingung: Wenn er mir, während ich diese Holzschuhe vergrabe, den Garten mit Diamanten und anderen Edelsteinen belegen lässt und alle Bäume damit schmückt." Die Alte eilte von dannen, um dem Peri-Prinzen die Botschaft der Sultana zu übermitteln. Nun – für ein Wesen aus dem Geschlecht der Feen war es ein Leichtes, eine solche Bedingung zu erfüllen. So blieb der armen Sultana nichts anderes übrig, als der alten Kupplerin zu folgen.

Unter anderen Umständen hätte ihr der Feenprinz vielleicht sogar gefallen, aber die Sultana liebte ihren Prinzen von Herzen, und schon aus diesem Grunde war ihr der aufdringliche Bewerber zuwider. Sie verbarg jedoch ihre Gefühle, ja, sie ging sogar mit ihm im Garten spazieren. „Sieh mal, wie das Wasser im Sonnenschein glitzert!" rief sie mit gespieltem Entzücken. „Von dem Felsen dort kann man es bestimmt noch besser sehen." Damit winkte sie dem Jüngling, ihr zu folgen. Kaum aber waren sie oben, versetzte die junge Frau ihrem aufdringlichen Verehrer einen Stoß, so dass er den steilen Felsen hinabstürzte und besinnungslos unten liegen blieb. „Da hast du!" rief das Mädchen und schleuderte noch einige Steine hinterher, bis der Feenprinz tot war. Das war freilich gar nicht nett, aber wer die Ehre einer Frau beschmutzen wollte, hatte nichts besseres verdient!

Einige Zeit später kehrte der Prinz aus dem Krieg zurück, und obwohl er sich von ganzem Herzen freute, seine geliebte Frau wiederzusehen, konnte er doch nicht von seinem alten Misstrauen lassen: In der ersten Nacht legte er ihr das Schloss auf den Nacken, und siehe da, das Mädchen begann zu reden: „Der Sohn des Peri-Padischahs verliebte sich in mich..."

„Waaaaas?" schrie der Prinz. „So dankst du mir meine Liebe? Hebe dich fort von mir, Unglückselige!" Das arme Mädchen wusste gar nicht, wie ihr geschah. Noch halb vom Schlaf betäubt, rannte sie davon. Die kühle Nachtluft brachte ihre aufgewühlten Gedanken zur Ruhe und sie begann zu ahnen, welchem Umstand sie diese plötzliche Abneigung ihres Liebsten zu verdanken hatte. „Na warte!" dachte sie. „Dich werd' ich lehren!" Sie zog Männerkleider an, ging in den Garten und wartete ab. Als der Prinz am nächsten Tag im Garten spazieren ging, wunderte er sich sehr über die edelsteinbehängten Bäume. Ungläubig streckte er die Hand nach einem der funkelnden Diamanten aus, aber kaum hatte ihn der Prinz berührt, stürzte ein Bursche mit zornigen Rufen auf ihn zu. Erschrocken sprang der Prinz zurück und bat stotternd um Verzeihung. Da gab sich seine Frau zu erkennen und erzählte ihm, wie das amouröse Abenteuer des Peri ausgegangen war. „Ich bitte dich, verzeih mir, dass ich an deiner Treue zweifelte!" bat der Prinz und umfasste flehend ihre Hände. „Daran ist nur dieses vermaledeite Schloss schuld!" Mit diesen Worten schleuderte er das Zauberschloss weit von sich. Von nun an lebten sie glücklich und zufrieden, und der Prinz hegte nie wieder Argwohn gegen seine Frau.

FEENPRINZESSIN GOLDHAAR – EIN MÄRCHEN AUS UNGARN

Irgendwo in einem fernen Land jenseits der sieben Meere lebte einst ein reicher Bauer, der hatte einen Sohn namens Sepp. Zugegeben: Heutzutage würde wohl kaum jemand seinem Kind einen solchen Namen geben; damals aber war Sepp so „normal" wie heute Thomas oder Martin. Eines schönes Markttags nun gab der Mann – er war wirklich sehr reich – seinem Sohn hundert Gulden und sagte, er solle dafür etwas kaufen, was exakt 100 Gulden koste – was immer es sein mochte. Nun, was soll ich sagen: Unser Sepp machte dem Ruf seines Namens alle Ehre! Er stolperte auf dem Markt herum, gaffte bald hier, bald dort, tatschte mal dieses, mal jenes an, bis plötzlich ein winziger, allerliebster Holzbecher sein Auge fesselte. Aus irgend einem Grunde zog ihn das Becherchen geradezu magisch an! Der Höker –

einer jener slowakischen Holzschnitzer, die man damals nicht ganz ohne Grund „Löffelslowaken" nannte – musterte den wenig intelligent drein schauenden Burschen mit einer Mischung aus Spott und Neugier. Andächtig betrachtete Sepp das Becherchen von allen Seiten, nur das darauf liegende Deckelchen ließ er unberührt. „Wie viel willst du für diesen Becher?" fragte er schließlich schwerfällig.

„Hundert Gulden!" Ob der Slowake diese utopische Preisangabe tatsächlich ernst meinte, oder ob er sich nur einen Scherz auf Kosten des Einfaltspinsels machen wollte, mag dahingestellt sein. Dass ihm aber die Augen fast aus dem Kopf fielen, als Sepp ihm ohne zu murren hundert Gulden auf den Tisch zählte, dürfte sicher sein. Hundert Gulden! Dafür musste eine Magd mehr als 10 Jahre arbeiten – und dieser Bursche schleuderte sie für einen einfachen Holzbecher heraus!

Nach dem Abendmahl, zu dem sich wie üblich alle Bewohner des Hauses zusammengefunden hatten, fragte der Vater: „Nun, Sepp, was hast du für die 100 Gulden gekauft?" Sepp zog seine Neuerwerbung aus der Tasche und stellte ihn auf den Tisch. „Dieses kleinen Holzbecher, lieber Herr Vater." Der reiche Mann verbarg seine Überraschung ob dieses wahrhaft „wertvollen" Objektes und sprach: „Zeig' doch mal her! Was ist denn darin?"

Sepp kratzte sich verlegen hinter dem Ohr: „Bei meiner Treu, Vater! Ich weiß es selbst nicht." Damit machte er den Deckel auf, doch was war das? In dem Becher stand ein kleiner Becher, und auch der hatte einen Deckel. In diesem steckte ein dritter Becher, in dem ein vierter ... Erst mit dem siebenten Becher hatte die Becher-in-Becher-Parade ein Ende. Aus diesem Becherchen nämlich sprang eine

winzige Kröte auf den Tisch. Dort machte sie sich sofort über die Speisereste her. Und die muss es reichlich gegeben haben, denn während die Kröte fraß wie ein Scheunendrescher, ging eine unheimliche Verwandlung mit ihr vor: Das merkwürdige Tier begann zu wachsen und anzuschwellen: Anfangs war sie nicht größer wie eine Nuss, dann so groß wie ein Hühnerei, einige Augenblicke später hatte sie schon Form und Größe eines Gänseeis angenommen, und als der letzte Krümel in ihrem unersättlichen Maul verschwand, war sie so groß wie ein echtes ungarisches Brot. Spätestens jetzt hatten alle am Tisch begriffen, dass dieses Tier keine gewöhnliche Kröte war, sondern ein wahres Teufelstier. Und es sollte noch schlimmer kommen, denn jetzt begann das Biest zu sprechen: „Bringt mir was zu essen, ich habe Hunger!"
Wer weiß, vielleicht hätte sich alles noch zum Guten gewendet, wenn der Herr des Hauses die Forderung des verfressenen Höllentieres abgewiesen hätte. So aber sagte er: „Geh in die Kammer, mein Sohn, und hole ein Brot und ein Stück Speck!" Nachdem die Kröte auch das vertilgt hat, gähnte sie und meinte schläfrig: „Jetzt macht mir im Winkel ein Lager, ich bin müde!" Und glaubt ihr's, oder glaubt es nicht - die Leute waren tatsächlich so dumm, auch diese Forderung zu erfüllen. *Whups!* Mit einem Satz war die Kröte auf dem frisch bereiteten Lager und schlief sogleich wie ein Sack.
In den nächsten Tagen fraß sie den Leuten buchstäblich die Haare vom Kopf und wurde dabei immer größer und fetter. Nach einer Woche – mittlerweile hatte sie die stattliche Größe eines Ochsens – bedankte sich die Kröte für Speis' und Trank und hüpfte hinaus in die Welt. Sie hüpfte und hüpfte, bis sie endlich an einen großen See

kam, der groß genug für eine ochsengroße Kröte war. Hier ließ sie sich in den unergründlichen Tiefen des Wassers nieder. Der reiche Bauer aber wurde von diesem Tag an immer ärmer. Es war wie verhext: Eine Seuche raffte sein Vieh dahin, die Mäuse plünderten den Getreidespeicher, das Korn verfaulte auf den Feldern. Längst schon hatten die Knechte und Mägde sein Haus verlassen – wovon hätte er sie auch bezahlen sollen? Nur Frau und Sohn waren ihm geblieben, doch was konnten diese drei schon ausrichten gegen den Fluch, der auf ihnen zu liegen schien? Vergebens rackerte sich der Bauer ab – nichts wollte ihm gelingen. Mit knurrendem Magen legte er sich abends zur Ruhe, mit knurrendem Magen stand er beim ersten Hahnenschrei wieder auf. Der Bauch, auf den er einst so stolz war, wurde mit jeder Woche weniger, bis er endlich so dünn wie eine Bohnenstange war. So sagte er eines Tages zu seinem Sohn: „Ich kann dich nicht mehr ernähren, Sepp. Geh hinaus in die weite Welt und versuche dein Glück. Mach dir keine Sorgen um uns: Deine Mutter und ich werden uns schon irgendwie durchschlagen."
Sepp kratzte sich hinter dem Ohr und dachte: „Der Vater hat wohl Recht. Hier wird doch nichts aus mir werden." So machte er sich auf den Weg. Er wanderte durch sieben mal sieben Länder – denn die Länder waren damals nicht so groß wie heute – überquerte die gläsernen Berge und marschierte immer weiter, bis er in eine große Königsstadt kam. Der König suchte zufällig gerade einen Kutscher, und so wurde aus Sepp, dem Bauerntölpel, der Lieblings-kutscher des Königs. Endlich, nach so langer Zeit, schien es, als hätte seine Pechsträhne ein Ende gefunden. Unglücklicherweise befand sich der König jedoch mitten in der Mid-Life-Crises – ihr wisst schon: das ist jenes Alter,

in dem es Männer „noch mal wissen wollen" – vorzugsweise, was das weibliche Geschlecht angeht. Unser König jedenfalls kam auf den glorreichen Gedanken, zu heiraten, und zwar nicht irgend eine Frau, sondern ausgerechnet die Feenprinzessin musste es sein! „Wenn du sie mir nicht herbeischaffst, lasse ich dich augenblicklich aufhängen!" drohte er seinem Lieblingskutscher. Dem unglücklichen Sepp fiel fast die Kinnlade herunter. „Ja aber...", begann er, doch der König schnitt ihm das Wort ab. „Nichts aber! Schaff mir die Feenprinzessin herbei, oder du machst Bekanntschaft mit des Seilers Tochter!"

Der arme Sepp! Was blieb ihm anderes übrig, als zu gehorchen? Dabei wusste er noch nicht einmal, wo er mit seiner Suche anfangen sollte! „Ach je!" dachte Sepp. „Der König hat's nunmal befohlen! Immerhin gibt er mir wenigstens ein Ränzel voll Geld und drei Brote mit auf den Weg." Sogar ein Pferd hatte er bekommen; freilich nicht aus lauter Menschenliebe, sondern weil der König es nicht erwarten konnte, die zauberhafte Feenprinzessin in sein Bett zu führen.

Ritt er lange, ritt er kurz – wer weiß das schon? Während er so nicht sonderlich schnell dahintrabte, tauchte plötzlich ein schrecklich magerer, weißer Hund vor ihm auf und sprach: „Gott segne dich, Mensch! Sei so gut und gib mir etwas zu Fressen, ich komme um vor Hunger! Sieben Jahre lang habe ich nichts gefressen und bin schon so hin, dass mir die Gedärme an der Wirbelsäule kleben!" Mitleidig betrachtete Sepp das große Häufchen Elend, denn er wusste nur zu gut, was Hunger bedeutete. „Hier, lass es dir schmecken!" erwiderte er und warf dem Hund eines der drei Brote hin. „Ich danke dir!" bellte der Hund. „Deine Freundlichkeit soll nicht unbelohnt bleiben. Hier, reiss mir drei Haare aus dem Schwanz. Solltest du einmal in Schwierigkeiten stecken, schüttle sie nur, dann werde ich im Nu bei dir sein."

„Nun ja, schaden kann's nicht", dachte Sepp, nahm die drei Haare und steckte sie in sein Ränzel. Da fiel ihm etwas ein. „Ach, sei so gut: Kannst du mir sagen, wie ich ins Feenland komme?"

„Das weiß ich leider auch nicht; ich habe nur davon gehört. Aber reite nur immer gen Osten, bis du an einen großen Fluss kommst. Am Ufer wirst du einen Fisch finden, der in einem Dornenstrauch festhängt. Frag ihn, der wird es sicher wissen."

Sepp bedankte sich und zog weiter in Richtung Osten. Sein Hintern war schon ganz wund, als er endlich den Fluss erreichte. Nun galt es, den Fisch zu finden, von dem der Hund gesprochen hatte. Also ritt Sepp so lange das Ufer ab, bis er vor sich einen Dornenstrauch sah, in dem ein großer Fisch zappelte. „Gott segne dich, Mensch!" rief ihm der Fisch schon von weitem zu. „Sieben volle Jahre zapple ich jetzt schon in diesem vermaledeiten Dornenstrauch, und niemand kam vorbei. Sei so gut und hilf mir hier heraus; alleine schaffe ich es nicht."

Nun, Sepp mochte zwar nicht gerade der Hellste sein, aber er hatte ein gutes Herz. Obwohl die langen Dornen seine Arme zerkratzten, befreite er den Fisch aus seiner unglücklichen Lage und warf ihn in den Fluss. „Ach, sei so gut", bat der Fisch, „und gib mir noch etwas zu Essen. Sieben Jahre lang habe ich nichts im Maul gehabt; ich kann vor Hunger kaum noch geradeaus schwimmen." Mitleidig gab Sepp ihm das zweite Brot. „Hier, daran kannst du dich satt essen."

„Du hast ein großes Herz, Mensch!" dankte der Fisch. „Aber sage mir: Was führt dich in diese einsame Gegend?" „Ich suche das Feenland. Weißt du vielleicht den Weg dorthin?" – „Das nicht", blubberte der Fisch, „aber reite nur weiter nach Osten. Dort findest du einen Berg, auf dessen Gipfel vor sieben Jahren zwei Tauben in ein Fangnetz gefallen sind; seitdem kann ich ihr Gejammer Nacht für Nacht bis hierher hören. Frage sie nach dem Weg, sie werden ihn bestimmt wissen. Halt, warte noch!" rief er, als Sepp schon weiterreiten wollte. „Nimm drei Schuppen aus meinem Schwanz. Wenn du einmal in Schwierigkeiten steckst, so schüttele sie nur, und im Nu werde ich bei dir sein!"

Sepp bedankte sich, nahm die drei Schuppen und ritt weiter. Lange ritt er, über sieben mal sieben Berge und durch sieben mal sieben Wälder. Endlich kam er an den Berg, den der Fisch ihm gewiesen hatte. „Keine Angst, du brauchst mich nicht hinauf zu tragen!" sagte Sepp, während er den Nacken seines treuen Rosses tätschelte. „Lange hast du mich getragen, nun sollst du dich auf dieser saftigen Wiese satt fressen." Damit band er sein Pferd fest und machte sich zu Fuß auf den Gipfel. Dort piepsten ihm die Täubchen schon von weitem ihr Leid entgegen. „Ich weiß", sagte Sepp mitleidig. „Ihr seid vor sieben Jahren in dieses Netz gefallen und kommt nicht heraus. Wartet, ich befreie euch." Vorsichtig zog er die zarten Vögel aus den Maschen des tückischen Netzes, das einst ein Vogelfänger an diesem Platz ausgelegt und dann vergessen hatte. „Ihr seid jetzt bestimmt hungrig, richtig? Hier, etwas anderes kann ich euch leider nicht bieten." Damit schenkte er den Tauben sein letztes Brot hin. Ich sage euch: Ihr hättet sehen sollen, wie sich die ausgehungerten Vögel auf das

Brot stürzten! Ob ihr's glaubt oder nicht: sie verputzten das ganze Brot bis auf den letzten Krümel – und so ein echtes ungarisches Brot ist gewiss nicht klein!

„Du armer Bursche hast uns einen großen Dienst erwiesen", gurrten sie satt und zufrieden. „Zieh dir aus unseren Schwänzen je drei Federn. Solltest du einmal in Not sein, so schüttele sie, und wir werden dir zu Hilfe eilen." Dankend nahm Sepp die Federn und steckte sie in seinen Ranzen. „Könnt ihr mir sagen, wie ich zum Feenland komme? Ich suche schon so lange nachdem Weg dorthin."

„Oh, ihr Menschen! Ihr meint, so viel zu wissen, und wisst doch so wenig!" lachten die Tauben. „Folge uns nur, wie bringen dich hin." Sepp eilte den Berg hinab, sattelte auf und beeilte sich, den Tauben zu folgen. Sieben Tage ritt er, dann ließen sich die Tauben auf einem Ast nieder und gurrten: „Nun bist du im Feenland." Dieses Hinweises hätte es aber gar nicht bedurft. Bei Gott! Hatte man jemals so etwas Schönes gesehen! Sepp staunte, bis ihm fast die Augen aus dem Kopf fielen. In den Bächen floss kein Wasser, sondern Milch und Honig, und das Gras war so weich wie Seide. Und erst die Gärten! Die Tautropfen auf den Blumen waren glitzernde Diamanten, die Äste und Zweige der Bäume aus purem Silber, die Blätter sogar aus reinstem Gold! Und wie viel Obst sie trugen!

Eine Weile stand Sepp einfach nur da und staunte mit offenem Munde. Endlich raffte er sich auf und wanderte weiter, bis er an ein Schloss gelangte. Und was für ein Schloss das war! Sepp glaubte zu träumen. Konnte es denn so etwas Herrliches auf Erden geben? Das Schloss des Königs war ja der reinste Schweinestall dagegen! Der arme Sepp wusste gar nicht, was er am meisten bewundern sollte: Waren es die silbernen Wände, war es das goldene Da, die diamantenen Fenster, oder doch eher die mit Edelsteinen besetzten Türen und Tore? Das alles jedoch verblasste zu nichts, als Sepp an einem der Fenster die Feenprinzeesin erblickte. Was für eine Frau! Wie Kohlen funkelten ihre Augen, und ihr Haar ... Ihr Haar war wie reinstes Gold! Ihr Gesicht glich einer Rose, und ihre Haut war weiß wie frischer Schnee. Blasse Farbe war nämlich zu jener Zeit der letzte Schrei – je blässer, desto besser!

Prinzessin Goldhaar jedenfalls war geradezu die Verkörperung des geltenden Schönheitsideals. Und dieses wunderschöne Geschöpf, dieser Traum eines jeden Malers, lief die Treppe herunter, warf sich Sepp an den Hals und hauchte zwischen zärtlichen Küssen: „Oh du Liebe meines Herzens! Du bist mein und ich bin dein – bis in den Tod! Hier werden wir leben wie die Fische im Wasser."

Und nun ratet mal, was Sepp, dieser Trottel, antwortete? Richtig! Er sagte: „Ach du Liebe meines Herzens! Ich kann nicht bleiben, denn ich bin auf Befehl des Königs hier, um dich zu holen. Also was ist nun: Kommst du mit oder nicht?"

Was die Prinzessin dachte, ist nicht überliefert; es dürfte auch ganz und gar nicht prinzessinnenhaft gewesen sein. Laut aber sagte sie: „Oh du Liebe meines Herzens! Ich kann beim besten Willen so lange nicht von hier fort, bis ich meinen Ring wieder habe, der mir beim Baden in den Teich gefallen ist." Ihre Hoffnung, diesem Burschen, in den sie sich unglücklicherweise verliebt hatte, auf diese Weise die dummen Flausen aus dem Kopf zu treiben, erfüllte sich jedoch nicht, und wisst ihr auch, warum? Richtig: Sepp hatte ja die Schuppen des Fisches! Die zog er jetzt hervor, schüttelte sie, und im Nu war der Fisch, den er aus seiner misslichen Lage befreit hatte, zur Stelle und fragte: „Was gibt's, lieber Meister?" - „Die Feenprinzessin hat ihren Ring beim Baden verloren; den soll ich ihr wiederbeschaffen." Der Fisch warf einen Blick auf den Teich und schüttelte missvergnügt den Kopf. „Oh weh, bei meiner Seele, das wird nicht einfach, denn den Ring hat so eine riesige Kröte verschluckt!" Schon wieder eine Kröte! dachte Sepp genervt. „Dann rufe mir wenigstens diese verdammte Kröte herbei!"

Schwubs! der Fisch verschwand im Wasser, und *schwubs*, tauchte er wieder auf. Und was glaubt ihr, wer hinter ihm kam? Richtig – die verfressene Riesenkröte, die aus dem reichen Bauern einen armen Tropf gemacht hatte. Aus dem zwölfjährigen Tunichtsgut von damals war ein stattlicher junger Mann geworden, aber die Kröte erkannte ihren Wohltäter dennoch sofort. „Ja, meiner Seel'!" quakte sie. „Was suchst du denn hier, wo sich nicht einmal ein Vogel hin verirrt?" – „Ich suche den Ring der Feenprinzessin", antwortete Sepp. „Der Fisch da sagt, dass du ihn verschluckt hast."

„Iiiich?" quakte die Kröte. „Hmm, mag schon sein. Ich weiß es wirklich nicht. Lass mal sehen."

Ich denke, ihr habt nichts dagegen, wenn wir den folgenden, unappetitlichen Teil unserer Geschichte über-springen. Halten wir nur so viel fest: Die Kröte begann, tonnenweise alles wieder hervorzuwürgen, was sie im Laufe der Zeit verschluckt hatte, und fuhr damit so lange fort, bis der Ring zum Vorschein kam. Just in diesem Moment aber sprang ein Hase aus den Büschen, schnappte sich den Ring und hoppelte davon, als sei der Leibhaftige hinter ihm her. Sepp, nicht faul, zog sogleich die Hundehaare hervor und hetzte den großen, weißen Köter auf das Langohr. Meister Lampe war zweifellos schnell, aber gegen den Riesenköter hatte er keine Chance. Im Nu hatte ihn der Hund in Stücke zerrissen. Das war zwar nicht nett, aber wann bekommt „Hund" schon mal einen fetten Hasen vors Maul? Meister Lampe landete also im Magen des Hundes, während Sepp freudestrahlend den Ring aus den blutigen Überresten herausklaubte. Prinzessin Goldhaars Freude über den wiedergefundenen Ring indes hielt sich verständlicherweise in Grenzen.

„Nun, schöne Liebe meines Herzens, jetzt kommst du aber mit mir!" – „Ach, schöne Liebe meines Herzens", flötete das Prinzesschen, „ich kann nicht fort von hier, bis mir jemand je einen Krug Wasser aus der Quelle des Lebens und der Quelle des Todes bringt. Nur fürchte ich, wird das nie einem Menschen gelingen, denn dazu müsste er schon fliegen können."

Fliegen? Da war doch was…Sepp, nicht faul, zog die leicht zerzausten Taubenfedern aus seinem Ränzel hervor, schüttelte sie, und hast du nicht gesehen, flatterten die beiden Tauben herbei und fragten nach seinem Begehr. „Ich bitte euch, bringt mir je ein kleines Krüglein von der Quelle des Lebens und der Quelle des Todes."

„Ach", gurrten die Tauben, „das stellst du dir so leicht vor, Mensch! Weisst du denn nicht, dass schon ein Tropfen aus der Quelle des Todes ausreicht, um alles zu verbrennen, worauf er fällt? Das ist verdammt gefährlich, aber sei's drum! Du hast uns geholfen, also helfen wir dir." Dankbar gab Sepp den Tauben zwei silberne Krüglein, und die Vögel flogen wie der Pfeil davon. Ihr Ziel war ein hoher Berg, den noch nie ein Mensch bezwungen hatte. Warum, wollt ihr wissen? Ganz einfach: Weil seine steilen Hänge aus spiegelglattem Glas bestanden, so dass man unmöglich hinaufklettern konnte. Die Tauben freilich hatten dieses Problem nicht. Mühelos gelangten sie zum Gipfel, wo zwei Quellen sprudelten: die Quelle des Lebens, und die Quelle des Todes. Es gelang den Tauben tatsächlich, die Krüge zu füllen und mit ihrer schweren Last zu Sepp zurückzukehren. Der bedankte sich höflich und eilte zum Palast der Prinzessin.

„Na, schöne Liebe meines Herzens, jetzt kommst du aber wirklich mit mir!" Goldhaar, die längst gemerkt hatte, dass Sepp nicht nur unglaublich naiv, liebenswürdig und gutmütig war, sondern auch das Herz auf dem rechten Fleck trug, hatte indes einen Plan entwickelt, zu dem auch die beiden Krüge gehörten, doch dazu später mehr. „Ach, schöne Liebe meines Herzens!" flötete sie mit engelsgleicher Stimme, „Ich kann nicht fort von hier, wenn wir nicht dieses Schloss mitsamt dem Garten und allem, was darinnen ist, mitnehmen."

Sepp stand da wie ein begossener Pudel. Den Ring zu finden war nicht leicht, das Wasser zu besorgen noch schwieriger, aber das ganze Schloss einfach so fortzutragen...? Wenn jemand wissen konnte, wie diese unerfüllbare Aufgabe gelöst werden konnte, dann waren es die Tauben. Sepp schüttelte die Federn, doch als die Täubchen nach seinem Begehr fragten und er ihnen die Sache erzählt hatte, gurrten sie traurig: „Das wissen wir auch nicht, lieber Meister." Nachdem sich Sepp von seinem Schock erholt hatte, zog er die Hundehaare hervor und musterte sie zweifelnd. Er glaubte zwar nicht, dass ausgerechnet der Köter ihm helfen konnte, aber einen Versuch war es wert.

„Was gibt es, lieber Meister?" bellte der Hund. Sepp erzählte es ihm. Da begann der Hund zu seinem Erstaunen bellend zu lachen. „Also wirklich! Mehr ist es nicht? Ich habe zu Hause eine goldene Rute. Mit der musst du nur je drei Mal an alle vier Ecken des Palastes schlagen, dann verwandelt er sich in einen goldenen Apfel. Den steckst du in deine Tasche und bringst ihn, wo immer du ihn hinbringen willst. Wenn du ihn wieder zurückverwandeln willst, klopfe einfach mit der Rute rund um den Apfel. Warte, ich hole sie dir." Damit verschwand er, um wenig später mit der Zauberrute zurückzukehren. Dabei kläffte er zu allem Überfluss noch: „Verzeih die Verspätung. Die Welpen haben die Rute beim Spielen versteckt, und ich musste sie erst suchen." Mit tausend Dankessprüchen nahm Sepp die Rute in Empfang und eilte zu der Feenprinzessin.

„Nun, du Liebe meines Herzens., freue dich! Jetzt kannst du von hier fort, und den Palast nehmen wir auch mit – und den Garten auch." Dann küsste er sie, führte sie in den Stall, hob sie auf sein Ross und bat sie, zu warten. Als die Prinzessin nickte, stieg er wieder hinauf, klopfte drei Mal mit der Rute an jede Ecke des Palastes, und schon erstreckte sich dort, wo all die Wunder gestanden hatten, nichts als kahle Heide, während vor Sepps Füßen ein goldener Apfel lag. Den steckte er in sein Ränzel, und dann ging es ab in Richtung Königshof.

Als der alte Tattergreis die wunderschöne Prinzessin erblickte, fühlte er plötzlich die Säfte der Jugend in seinen Gliedern sprießen – ganz besonders in einem bestimmten Körperteil, das gemeinhin … Aber lassen wir das! Schneller als ein Maschinengewehr gab er seine Befehle, so dass die armen Diener nicht eine Sekunde verschnaufen konnten. Und warum auch nicht? Schließlich galt es, eine Hochzeit vorzubereiten! Dann ließ er Sepp in den Palast rufen.

Kaum war der Bursche da, spritzte Goldhaar ihm einige Tropfen vom Wasser des Todes ins Gesicht, und hast du nicht gesehen, war der arme Sepp tot! „Ach, welch Unglück!" jammerte der alte König, denn er hatte noch nie so einen gehorsamen (und naiven) Knecht gehabt.

„Ach, um den brauchst du dich nicht zu grämen!" sagte Goldhaar leichthin. „Pass auf, gleich ist er wieder heil und gesund!" Damit spritzte sie das Wasser des Lebens auf den toten Burschen, und hast du nicht gesehen, sprang er auf – schöner und lebendiger als je zuvor. Der König klatschte vor Freude und Staunen in die Hände. „Ach bitte, liebste Goldhaar!" bat er. „Spritze diese beiden Wasser auch auf mich, auf dass ich wieder jung und schön werde." Darauf hatte Goldhaar nur gewartet. Ohne mit der Wimper zu zucken spritzte sie das Wasser des Todes auf den greisen König, doch ach – im anderen Krug war gaaanz zufällig kein einziger Tropfen mehr. Der König war tot, und er blieb es! Alles, was man tun konnte, war, ihn in Ehren zu begraben. Und weil der König keine Kinder hatte, blieb das ganze Land beim wem? Natürlich: bei Sepp! Als erste Amtshandlung ließ er den alten Palast abreißen, so dass alle schon an seinem Verstand zweifelten. Das taten sie jedoch nur so lange, bis er den goldenen Apfel aus der Tasche zog und ihn mit der Rute beklopfte. Im selben Moment stand der schönste Palast, den die Welt je gesehen hatte, da. Und erst der Garten! „Das ist ja wie im Paradies!" riefen die Diener, und sie erzählten es weiter.

Bald strömten die Leute von nah und fern herbei, um das Wunder zu sehen. Sepp aber ließ seine armen Eltern herbeiholen, und nun konnte Hochzeit gefeiert werden. Von da an lebten sie alle glücklich und zufrieden in ihrem silbernen Schloss, und alle Not hatte ein Ende.

DIE DREI ORANGEN-PERIS

In einer fernen Zeit, in einem fernen Land, lebte ein sehr, sehr trauriger Padischah. Gold und Silber und Edelsteine hatte er im Überfluss, hunderte Sklaven und die schönsten Sklavinnen standen ihm zu Gebot, und doch konnte er sich an nichts erfreuen. Warum, wollt ihr wissen? Ganz einfach: All seine Macht und Reichtum waren ihm nichts wert, denn er hatte keinen Sohn. Trostlos flossen seine Tage dahin, und mit jeder verstreichenden Woche schien ihm das Leben düsterer und leerer. Eines Tages wanderte er mit seinem Lala (Lehrer) durch das Land, und während sie nun wanderten, Kaffee tranken und Pfeife rauchten, gelangten sie in ein großes Tal. „Es ist heiß", sagte der Padischah. „Wir wollen dort im Schatten etwas ausruhen." Ruhe aber sollten sie nicht finden, denn kaum hatten sie es sich unter einem Baum bequem gemacht, tauchte, begleitet von ohrenbetäubendem Knallen, ein grünbekleideter, gelbbeschuhter, weißbärtiger Derwisch vor ihnen auf. Die beiden Männer waren vor Schreck wie erstarrt und glaubten schon, ihr letztes Stündlein habe geschlagen. „Selamin aleijkum", sagte der Alte mit der offensichtlichen Vorliebe für spektakuläre Auftritte und trat näher. „Vealejküm selam", gaben die Männer zitternd zurück.

„Wohin des Wegs, Padischah?" Der Herrscher runzelte die Stirn; er ärgerte sich gründlich, dass er sich von dem Alten so in Furcht hatte versetzen lassen. „Wenn du weißt, dass ich der Padischah bin", versetzte er, „dann wirst du auch den Grund meines Kummers wissen." Der Derwisch musterte ihn von Kopf bis Fuß, zog einen Apfel aus seinem Gewand hervor und reichte ihn dem Padischah. „Das wird deinem Kummer ein Ende bereiten. Gib eine Hälfte des Apfels der Sultana, die andere iss selber." Damit

verschwand er, diesmal ganz ohne Knallen und Getöse. Der Padischah und sein Lala starrten noch eine Weile auf den Fleck, wo der seltsame Derwisch gestanden hatte, und machten sich dann auf den Heimweg – der Lala grübelnd, der Padischah voller Hoffnung. Aufgeregt wie ein kleiner Junge teilte er den Apfel, gab eine Hälfte seiner Gemahlin, aß die andere selbst, und das Wunder geschah. In den folgenden Monaten rundete sich der Bauch der Sultana, und nach neun Monaten und zehn Tagen verkündete lautes Babyschreien im Harem die Ankunft des kleinen Prinzen. Der Padischah hätte die ganze Welt umarmen können vor Freude. Er ließ reichlich Geld an die Armen verteilen, schenkte etlichen Sklaven die Freiheit und gab ein Festessen nach dem anderen.
Der Herrscher liebte seinen Sohn abgöttisch und verwöhnte ihn entsprechend. Der Prinz konnte sich wünschen, was er wollte – der Wunsch wurde erfüllt. Als der Knabe 14 Jahre alt war, bat er seinen Vater, ihm einen kleinen Palast aus Marmor zu bauen. „Und lass darinnen zwei Quellen anlegen, aus denen Fett und Honig fließt." Nun, der Wunsch seines verzogenen Sohnes war dem Padischah Befehl, und bald stand der Palast mitsamt den merkwürdigen Quellen einzugsbereit da. Da saß der Prinz nun in seinem Palast und sah den lieben Tag zu, wie Fett und Honig aus den Quellen strömten, was wahrlich eine sehr, sehr spannende Beschäftigung war. Arbeiten musste er nicht, schließlich war er ja ein Prinz. Wenn er nur mit dem Finger schnippte, hatte jeder zu springen. O ja – er war wirklich sehr verwöhnt, dieser Prinz. Sehr verwöhnt – und sehr verzogen. Als eines Tages eine alte Frau in seinem Palast erschien, um ihren Krug an einer der Quellen zu füllen, zerschlug er der Ärmsten kurzerhand den Krug. Die

Alte starrte mit versteinerter Miene auf die Scherben, drehte sich um und humpelte wortlos davon. Am nächsten Tag kam sie wieder, und wieder zerschlug der verzogene Prinz ihren Krug. Auch am dritten Tag kannte der Rüpel kein Erbarmen. Diesmal aber schwieg die Alte nicht, sondern schüttelte die knochigen Fäuste gegen den Knaben und rief: „Ich flehe zu Allah, dass du dich in die drei Orangen-Peris verlieben musst!"! Hiermit drehte sie sich um und ging davon.

Ihr denkt jetzt sicher: Na das ist ja keine große Strafe! Aber wartet's nur ab! Kaum war die Alte fort, begann sich der Prinz hundeelend zu fühlen. Es war geradezu, als ob ihn ein inneres Feuer verzehren würde. Mit Sorge beobachtete der Padischah, wie sein Sohn von Tag zu Tag dahinwelkte wie eine Rose ohne Wasser. Er ließ die besten Ärzte, die weisesten Gelehrten rufen, doch niemand wusste, was dem Prinzen fehlte. „O Väterchen", sagte der Prinz schließlich, „keiner deiner Gelehrten kann mir helfen. Ich bin dazu verdammt, die drei Orangen-Peris zu lieben und werde erst dann Ruhe haben, wenn ich sie finde." Der Padischah stand wie vom Donner gerührt. „O, liebster Sohn!" jammerte er. „Du bist die einzige Freude, die ich noch habe. Trostlos werden meine Tage sein, wenn du gehst. Nein, ich kann dich nicht ziehen lassen!" So welkte der Prinz weiter dahin, bis der Padischah endlich einsehen musste, dass er den Sohn nicht länger hindern durfte, seiner Bestimmung zu folgen. Immerhin blieb ihm die Hoffnung, dass er eines Tages zurückkehren würde.

Der Jüngling reiste mit leichtem, aber kostbarem Gepäck. Zunächst ging es über Berg und Tal, dann lag die große Ebene vor ihm. Viele Tage schon wanderte er durch die endlose Ebene, als plötzlich eine turmhohe Dew-Mutter vor ihm stand. Neun Ellen waren ihre Arme lang, und wenn sie Harz kaute, konnte man es noch in einer halben Stunde Entfernung hören. Ihr Atem aber glich dem Sturmwind. Trotzdem eilte der Prinz auf sie zu, schlang seine Ärmchen so weit um sie, wie es eben ging, und rief: „Guten Tag, Mütterchen!" Die Dew-Mutter lächelte und erwiderte: „Hättest du mich nicht Mütterchen genannt, so hätte ich dich verschlungen. Sag, was führt dich hierher?" „Oh Mütterchen!" seufzte der Jüngling. „Ein furchtbares Unglück ist über mich hereingebrochen. So furchtbar, dass es besser ist, du fragst nicht weiter." – „Erzähle es mir nur", sprach die Dew-Mutter. „Ach Mütterchen, ich habe mich in die drei Orangen-Feen verliebt. Kannst du mir den Weg zu ihnen weisen?"

„Still!" rief die Dew-Mutter erschrocken. „Weißt du denn nicht, dass es verboten ist, sie zu erwähnen? Meine Söhne und ich sollen sie zwar behüten, doch selbst ich weiß nicht, wo sie wohnen." Sie dachte kurz nach. „Aber vielleicht haben meine 40 Söhne sie auf ihren Wanderungen gesehen. Warte bei mir bis zum Abend." Der Prinz gehorchte. Als die Sonne am Horizont versank, versetzte die Dew-Mutter dem Prinzen einen Schlag – freilich nur einen ganz leichten, denn ein richtiger Schlag von ihr hätte ihn Dutzende Meter weit durch die Luft geschleudert. Kaum hatte ihre Hand ihn berührt, stand an der Stelle des Prinzen ein mannshoher Wasserkrug. Die Verwandlung geschah gerade noch rechtzeitig, denn nur wenige Augenblicke später rauschten die vierzig Dew heran und fingen sofort an, geräuschvoll zu schnuppern. „Wir riechen Menschenfleisch!" schrien sie alle durcheinander. „Aber, aber", entgegnete die Dew-Mutter beschwichtigend. „Was habt ihr nur für Ideen? Wie sollte denn hier ein Mensch herkommen. Putzt euch lieber die Zähne, ihr stinkt aus dem Mund!" Tatsächlich zogen die riesigen Dew wie geprügelte Hunde die Köpfe ein, nahmen gehorsam Holzscheite zur Hand und begannen, in ihren Zähnen zu stochern. Dem einen fiel ein Bein aus dem Maul, dem zweiten ein Kopf, dem dritten ein Arm...

„Na bitte", sagte die Dew-Mutter zufrieden. „Und nun setzt euch zum Essen." Während der Mahlzeit fragte die Mutter wie von ungefähr: „Was würdet ihr tun, wenn ihr einen Menschenbruder haben würdet?" – „Das fragst du?" antworteten die Riesen. „Wir würden ihn lieben wie einen Bruder." Da schlug die Frau auf den Krug und verwandelte ihn in den Prinzen. „Das ist...!" riefen die Dew erstaunt, aber ein scharfer Blick ihrer Mutter rief sie zur Ordnung. Als sie zu allem Überfluss auch noch sagte: „Hier ist euer Bruder", begriffen die Riesen endgültig, dass es mit dem verlockenden Nachtimbiss nichts werden würde. Und dabei sah das Bürschchen doch so appetitlich aus!

„Warum hast du ihn uns denn nicht schon früher vorgestellt? Dann hätten wir zusammen speisen können." – „Ach, ihr! Die Menschen essen doch nur Hühner, Schafe und dergleichen. Eure Kost läge ihm schwer im Magen", versetzte die Dew-Mutter.

„Aber natürlich!" riefen die Dew. „Was sind wir dumm! Aber warte, das haben wir gleich." Und schon sprang einer der Riesen auf, eilte hinaus und kehrte kurz danach mit einem zappelnden Schaf zurück, das er vor dem erstaunten Prinzen abstellte. „Oh du Schafskopf!" lachte die Dew-Mutter. „Die Menschen vertragen doch kein rohes Fleisch!" Kein rohes Fleisch? Die Menschen wussten wirklich nicht, was gut schmeckte! In Windeseile war das Schaf geschlachtet, gehäutet und auf den Bratspieß gesteckt.

Zwei Stunden später schleckte sich der Prinz alle Finger ab. Eines musste man den Dew lassen: Aufs Braten verstanden sie sich!

„Schmeckt es dir etwa nicht?" fragten die Riesen. „Du hast ja kaum etwas gegessen!" Kaum etwas gegessen? Der Prinz stöhnte innerlich. Er fühlte sich ohnehin schon wie genudelt. Und wieder kam ihm seine Adoptivmutter zu Hilfe. „Ach, ihr Hohlköpfe!" lachte sie. „Schaut ihn euch doch mal an. Wie soll solch ein Bürschlein ein ganzes Schaf essen?" Das war wohl wahr. „Na, dann will ich doch mal sehen, wie das Schaffleisch schmeckt", grinste einer der Riesen, und hast du nicht gesehen, war das Schaf in seinem großen Rachen verschwunden.

Am nächsten Morgen sagte die Riesin zu ihren Söhnen: „Euer Bruder hat großen Kummer. Er hat sich in die drei Orangen-Peris verliebt." - „Ui-ui-ui, das ist schlimm. Wir wissen nicht, wo sie wohnen, aber vielleicht kann unsere Tante ihm weiterhelfen." – „Na worauf wartet ihr dann? Führt euren Bruder zu ihr. Sagt ihr, ich lasse sie grüßen, dass dieser Jüngling mein Sohn sei und dass ich sie bitte, ihn ebenfalls wie einen Sohn aufzunehmen."

Die bewusste Tante hatte auch keine Ahnung, wo die Orangen-Feen stecken könnten. „Aber vielleicht wissen meine 60 Söhne es." Als der Abend und damit die Rückkehr der 60 menschenfressenden Riesen nahte, verwandelte die Dew ihren Adoptivsohn auf die schon sattsam bekannte, schmerzliche Art und Weise in einen Krug. Da kamen die Riesen auch schon herangerauscht. „Wir riechen Menschenfleisch!" schrien sie zur Begrüßung. „Das bildet ihr euch ein!" versetzte die Dew-Mutter. „Wann habt ihr euch das letzte Mal die Zähne geputzt? Naaaa?" Gehorsam stocherten die furchterregenden Riesen in ihren

Zähnen herum und brachten dabei alle möglichen unappetitlichen Überbleibsel zurückliegender Mahlzeiten zum Vorschein. Nachdem die Dew-Mutter sie gefragt hatte, wie sie einen menschlichen Bruder behandeln würden, erhielt der Prinz seine gewohnte Gestalt zurück. „Ach, ist der niedlich!" riefen die Dew und klatschten in die Hände. Dann tischten sie so viel Fleisch auf, dass eine ganze Kompanie davon hätte satt werden können. Am nächsten Morgen fragte die Dew ihre Söhne nach den drei Orangen-Peris, doch auch sie wussten keinen Rat. „Aber vielleicht kennt unsere älteste Tante den Weg dorthin", meinten sie.

Die Dew führten ihren Adoptivbruder zu der bewussten Tante, die es auf stattliche 80 Söhne gebracht hatte. Hier wiederholte sich die gleiche Geschichte wie bei den beiden anderen Riesenfamilien. Mit einem Unterschied: Als die Dew-Mutter diesmal nach den drei Orangen-Peris fragte, sprang der jüngste Riese freudig auf und rief: „Ich weiß es, ich weiß es!" – „Nun, wenn dem so ist, worauf wartest du dann noch? Auf, führe deinen Bruder hin!"

Am nächsten Morgen zog der Dew mit dem Prinzen fort. Nach einer Weile sagte er zu ihm: „Brüderchen, bald werden wir zu einem großen Garten kommen, in dessen Wasserbecken drei Orangen schwimmen. Wenn ich zu dir sage: schließe die Augen! und dann: öffne die Augen! so greife das, was du siehst!"

Als sie das Wasserbecken erreichten, rief der Dew: „Schließe die Augen, öffne die Augen!" Der Prinz sah die drei Orangen, schnappte sich eine und steckte sie in seine Tasche. Nachdem er die zweite und die dritte auf die gleiche Weise erhascht hatte, sprach der Dew zu ihm: „Sieh zu, Brüderchen, dass du die Orangen fernab von jedem

Wasser öffnest! Du könntest es sonst bereuen." Der Prinz bedankte sich für alles, und dann ging jeder von ihnen seiner Wege.

Weit wanderte der Jüngling, über Berg und Tal, durch staubige Ebenen und feuchte Wiesen. Schließlich – er stand gerade mitten in einer staubtrockenen Ebene, schnitt er die erste Orange auf. Sogleich sprang ein wunderschönes Mädchen heraus und flehte mit verschmachtender Stimme: „Um Gottes Willen, gebt mir Wasser!" Verwirrt starrte der Prinz sie an. Woher sollte er in dieser Einöde Wasser bekommen. „Ich habe kein Wasser!" sagte er bedauernd. Mit einem letzten „Ach!" verschwand die Schöne. Traurig wanderte der Prinz weiter. Nach einer Weile zog er die zweite Orange heraus, aber auch diesmal konnte er dem Mädchen, das daraus entstieg, kein Wasser geben, und so verschwand sie wie eine Fata Morgana.

Nun war nur noch eine Orange übrig. „Die werde ich besser hüten", dachte der Prinz, der mittlerweile begriffen hatte, dass es ein Fehler gewesen war, dem Rat des Dew zu folgen. Er wanderte also so lange, bis er an eine Quelle gelangte. Dort trank er sich satt und öffnete dann die letzte Orange. Das Mädchen war schöner als der Mond und die Sterne, und auch sie verlangte nach Wasser. Mit klopfendem Herzen gab ihr der Prinz das kühle Nass, und siehe da: das Mädchen verschwand nicht. „Wie schön sie ist!" dachte der Prinz. Er hätte wohl ewig so stehenbleiben und sie anstarren können, aber irgendwann meldete sich sein Magen zu Wort. „So kann ich dich nicht mit in die Stadt nehmen", sagte der Prinz bedauernd. „Du brauchst dringend Kleider." Das Mädchen war nämlich nackt, wie die Magie sie schuf, aus der Orange gesprungen. „Steige auf den Baum neben der Quelle. Ich hole derweil Kleider für dich!" bat er, und machte sich auf den Weg. Während der Prinz in der Stadt die schönsten Kleider für seine Liebste suchte, kam eine Sklavin zur Quelle. Zufällig saß das Mädchen so, dass sich ihr Bild im Wasser spiegelte. Als die Sklavin die strahlende Schönheit im Wasser sah, dachte sie allen Ernstes, ihr eigenes Spiegelbild zu sehen. „Oh", rief sie voll Entzücken, „ich bin ja tausend Mal schöner als meine Herrin! Oh nein, ich werde kein Wasser für sie holen! Soll sie doch selber kommen!" Damit zerbrach sie den Krug und marschierte stolzen Hauptes heimwärts. „Wo ist das Wasser?" fragte die Herrin bei ihrer Rückkehr. „Wie käme ich dazu, dir Wasser zu holen?" versetzte die Sklavin schnippisch. „Hol du mir lieber Wasser! Ich bin ja viel schöner als du!" Die Herrin glaubte, sich verhört zu haben. „Bist du von Sinnen?" rief sie. „Sieh dich doch im Spiegel an!" Damit hielt sie der eingebildeten Sklavin einen Silberspiegel vor die Nase. Wortlos nahm sie eine neuen Krug und ging zur Quelle zurück. Doch wieder glaubte sie, im Wasser ihr eigenes Spiegelbild zu sehen. Wieder zerschlug sie den Krug. „Du bist wahnsinnig geworden, Magd!" schrie die Herrin erbost, als die Sklavin ihr unanständiges Ansinnen wiederholte.

Als sie zum dritten Mal zur Quelle zurückkehrte, rief ihr das Mädchen vom Baum aus zu: „Ach bitte, zerbrich deinen Krug nicht wieder! Du siehst doch nicht dein, sondern mein Spiegelbild im Wasser!" Jetzt erst bemerkte die Sklavin das feengleiche Mädchen. Sie stieg zu ihr in die Äste und begann, die Schönheit des Mädchens mit den süßesten Worten zu preisen. „Oh du Herrliche", flötete sie. „Du siehst ja ganz erschöpft aus. Komm, leg deinen Kopf auf meinen Schoß, dass ich dir die Haare kraule." Nichts

Böses ahnend nahm das Mädchen das freundliche Angebot an. Ahhh, tat das gut! Kaum hatte sie aber die Augen geschlossen, da zog die Sklavin eine Nadel hervor und stach sie in den Schädel des Mädchens. Im nächsten Moment verwandelte es sich in einen Vogel und flatterte davon, ehe es die Sklavin fangen konnte.

Wenig später kehrte der Prinz auf einem prächtigen Wagen, voll beladen mit den schönsten Kleidern, zurück, doch als er das dunkle Gesicht der Sklavin sah, erschrak er. „Liebste, bei Allah! Was ist mit dir geschehen?" rief er verzweifelt. „Das fragst du?" gab die Sklavin hochmütig zurück. „Wer hat mich denn hier so lange allein gelassen? Die Sonne hat mich verbrannt, das ist passiert!"

Voller Zweifel betrachtete der Prinz die Frau, die dort auf dem Baum saß und so wenig Ähnlichkeit mit seiner Liebsten hatte wie ein rosiger Apfel mit einer vertrockneten Dattel. Er machte sich bittere Vorwürfe. Auf die Idee aber, dass eine Andere den Platz seiner Orangenfee eingenommen hatte, kam er nicht. Seufzend hob er die falsche Braut auf seinen Wagen und führte sie ins Haus seines Vaters. Die Bewohner des Palasts starrten mit einer Mischung aus Unglauben und Abscheu auf die Frau. „Aber sag, was hast du denn mit dieser Schwarzen zu tun?" riefen sie. „Wie kannst du das Ding da denn liebenswürdig finden?" Der Prinz aber erklärte nur geknickt, seine Braut sei durch seine Nachlässigkeit von der Sonne verbrannt. „Ich führe sie in ihr Gemach. Ohne Sonne wird sie schon wieder weiß."

Nun flog eines Tages ein Orangenvogel in den Garten neben dem Palast, setzte sich auf einen Ast und rief mit menschlicher Stimme nach dem Gärtner. „Was willst du von mir?" fragte der Hüter des lebensspendenden Grüns verwundert. „Sag mir, was macht der Prinz?" fragte der Vogel. „Oh, der Prinz? Der ist gesund." – „Und seine schwarze Frau?" Der Gärtner zuckte mit den Schultern. „Was soll mit der sein? Die ist gesund und hockt in ihrem Gemach." Da sang der Vogel:

Sie soll nicht mehr sitzen können,
Am Hintern sollen ihr Dornen wachsen,
Und dieser Baum hier soll verdorren."

und flog davon. Der Vogel war natürlich niemand anders als die Orangenfee, aber woher sollte der Gärtner das wissen? Am nächsten Tag war der Baum tatsächlich abgestorben. Wieder flatterte der Vogel herbei, setzte sich auf einen Baum und fragte nach dem Prinzen und seiner Braut. Wieder ließ er sein boshaftes Sprüchlein hören, flatterte davon, und der Baum verdorrte. Am nächsten Tag wiederholte sich das Ganze, am darauffolgenden ebenfalls, und so ging es immer weiter. Der halbe Garten war schon hin, als endlich der Prinz einmal im Garten auftauchte – und entsetzt die Hände hob. „Was ist denn das? Gärtner!!! Gääärtner!!!" rief er. „Das nennst du Gartenpflege?" empörte er sich, als der Gärtner herbeieilte. „Siehst du denn nicht, dass die Hälfte der Bäume verdorrt ist?" Der Gärtner erbleichte und rang die Hände. „Ach Herr, ich bin unschuldig! Da ist dieser merkwürdige Vogel..." Und er erzählte dem Prinzen, was sich Tag für Tag im Garten wiederholte. Der Prinz dachte kurz nach, und befahl, alle Bäume mit Vogelleim einzustreichen. Wenn der Vogel daran festklebte, sollte der Gärtner ihn einfangen und dem Prinzen bringen. Und so geschah es. Der Prinz nahm den hübschen Vogel und sperrte ihn in einen Käfig. Als seine Frau jedoch den neuen gefiederten Bewohner des Palastes sah, erschrak sie fast zu Tode. Sofort stellte sie sich sterbenskrank, ließ den Arzt rufen und gab ihm eine große Summe Geld, damit er dem Prinzen sage, seine Gattin würde nur gesund werden, wenn man ihr den Vogel gebraten vorsetze.

Als der Prinz von der angeblichen Krankheit der Hochstaplerin erfuhr, eilte er voller Sorgen in ihr Gemach. Der rasch herbeigeholte Arzt fühlte den Puls der Kranken und schüttelte bedenklich den Kopf. „Es gibt nur ein einziges Heilmittel gegen die Krankheit Eurer Gattin", sagt er bedächtig. „Gebt ihr das Fleisch eines Orangenvogels, dann wird sie gesund. Ansonsten, fürchte ich, sind ihre Tage auf Erden gezählt." Der Prinz erschrak und ließ sofort den armen Vogel schlachten und braten. Und tatsächlich, kaum hatte die angebliche Kranke davon gegessen, war ihre Krankheit auf wundersame Weise wie weggeblasen. Damit hätte unsere Geschichte beinahe ein trauriges Ende gefunden, wenn nicht – ja wenn nicht eine Feder des unglücklichen Vogels zwischen zwei Dielenbretter gefallen wäre, ohne dass es jemand bemerkte.

Wochen gingen ins Land, Monate, und noch immer wartete der Prinz vergeblich darauf, dass seine Frau ihre schöne, helle Hautfarbe wiedererhalten würde. Eines Tages fand die alte Frau, die die Haremsbewohnerinnen im Lesen und Schreiben unterrichtete, die glänzende Feder. „Wie schön sie ist! Sie funkelt ja wie ein Diamant!" dachte sie und trug die herrliche Feder heim. Dort steckte sie ihren kostbaren Fund auf eine Brett, um sich fortan jeden Tag daran erfreuen zu können. Am anderen Morgen ging sie nach einem letzten Blick auf die wunderbare Feder in den Palast. Kaum aber hatte sie die Tür hinter sich geschlossen, flog die Feder zu Boden, schüttelte sich, und im nächsten Moment stand die wunderschöne Maid im Zimmer. Flink nahm sie den Besen, fegte die Stube, kochte und brachte das Haus in Ordnung. Nachdem alles erledigt war, verwandelte sie sich wieder in eine Feder zurück. Als die alte Lehrerin am Abend heimkehrte, staunte sie nicht schlecht. „Wie ist das möglich?" murmelte sie. „Wer mag hier gewesen sein?" Sie durchsuchte die ganze Wohnung, nur an die Feder verschwendete sie keinen Gedanken.

Am nächsten Tag wiederholte sich das Ganze. „Das geht nicht mit rechten Dinge zu!" dachte die gute Frau. „Ich muss herausfinden, was hier passiert." Am nächsten Morgen tat sie nur so, als würde sie in den Palast gehen und versteckte sich außerhalb des Hauses. Sie musste nicht lange warten, bis sie durchs Fenster ein wundervolles Mädchen erspähte, das fleißig in der Stube hantierte. Nur die Verwandlung hatte sie nicht beobachten können. Rasch trat sie ein, packte das erschrockene Mädchen und sagte beruhigend: „Hab keine Angst, Töchterchen, ich will dir nichts tun. Doch sprich: Woher kommst du?" Als sie die traurige Geschichte der Maid gehört hatte, verfinsterte sich das runzlige Gesicht der alten Lehrerin. „Na warte!" grollte sie. „Der werd' ich...Gräme dich nicht länger, Töchterchen! Ich werde heute schon dafür sorgen, dass dir Gerechtigkeit widerfährt. Warte hier auf mich!" Damit marschierte sie schnurstracks zum Prinzen und lud ihn zum Abendessen ein. Dem Prinzen kam die Einladung gerade recht, denn er hatte die Nase schon längst gestrichen voll von seiner hochmütigen Frau und jede Gelegenheit, den Abend ohne sie zu verbringen, war eine gute Gelegenheit.

Das Essen der alten Lehrerin mundete ihm hervorragend. Nach dem Nachtmahl brachte die Maid schwarzen Kaffee herein. Als der Prinz sie erblickte, schwanden ihm fast die Sinne, doch noch immer erkannte er die Wahrheit nicht.

„Mütterchen!" krächzte er, „Wer ist diese Maid?" „Meine Dienerin", antwortete die Alte kühl. – „Woher hast du sie? Würdest du sie mir verkaufen?" fragte der schwer verliebte Jüngling.

„Aber ich bitte Euch, mein Prinz!" rief die alte Lehrerin. „Wie sollte ich sie dir verkaufen, wo sie dir doch ohnehin schon gehört!" Damit rief sie die Maid und legte ihre Hand in die des Prinzen. „Die Frau in deinen Gemächern ist eine Lügnerin!" sagte sie mit zornerfüllter Stimme. „Dies hier ist deine wahre Braut!" Dem Prinz fiel es wie Schuppen von den Augen. Der Schock ließ ihn taumeln. Als er sich wieder gefangen hatte, umarmte und küsste er das Mädchen, das durch seine Schuld so viel hatte leiden müssen. Er führte sie in den Palast, ließ die falsche Magd hinrichten, und dann wurde Hochzeit gefeiert – vierzig Tage und Nächte lang. Von nun an lebten sie glücklich und zufrieden, bis ans Ende ihrer Tage.

DIE BEIDEN GESCHWISTER

Vor langer Zeit lebte irgendwo auf dieser großen weiten Welt ein Mann namens Achmed Aga. Er hatte Gold und Silber im Überfluss, eine schöne, zärtliche Frau, ein herrliches Haus – kurz: er hatte alles, was ein Mensch sich wünschen konnte. Nur eines hatte er nicht: er hatte keine Kinder. Und so flossen seine Tage dahin, trostlos und ohne Freude. „Allah hat mir so viel Reichtümer und Achtung bei den Menschen geschenkt. Aber was nützt mir das alles, wenn ich keine Kinder habe!" seufzte er. Lange Zeit verbarg er seine trüben Gedanken vor seiner geliebten Frau. Eines Nachts aber, als er ihr zärtlich über den Rücken strich, sagte er traurig: „Wäre es nicht besser, Allah hätte uns anstelle des Reichtums ein Kind geschenkt?" Der armen Frau taten diese Worte in der Seele weh. „Ach Liebster!" seufzte sie. „Ich weiß, wie sehr du dir ein Kind wünschst. Ich selbst werde dir eine Frau suchen. Vielleicht geht so dein Wunsch in Erfüllung, wenn es mir schon versagt ist, Kinder zur Welt zu bringen." In ihren Worten lag so viel Hoffnungslosigkeit, dass sich das Herz des Mannes zusammenkrampfte. Was hatte er nur angerichtet! Müde legte er sich zur Ruhe. Seine Frau hingegen flehte zu Allah, er möge ihnen schenken, wonach sie sich schon so lange sehnten. Dann legte auch sie sich schlafen.

In dieser Nacht hatte sie einen merkwürdigen Traum. Sie saß am Meer, und wie sie so auf die glitzernden Wellen starrte, tauchte aus den Tiefen des Wassers eine Seejungfrau auf , zeigte ihr einen Topf und sprach: „Sage deinem Mann, Allah habe ihm dies als Kismet (Schicksal) gegeben. Er soll herkommen und es abholen." Im Traum sah sich die Frau nach Hause eilen, ihren Mann wecken und ihm, damit er sich auch ja spute, einen Stoß versetzen. Es war wirklich ein sehr lebhafter Traum – so lebhaft, dass die Frau ihrem Mann tatsächlich einen derben Stoß gab, worauf der erschrocken hochfuhr. „W-was ist?" rief er mit schlaftrunkener Stimme. „Oh, verzeih, lieber Mann, ich hatte einen nur einen schönen Traum", erwiderte sie reuevoll. „Erzähle ihn nur! Vielleicht verheißt er uns etwas Gutes." Freudig erzählte ihm die Frau von der Seejungfrau und dem Topf. „Na ja, eines zumindest ist eingetroffen", meinte der Mann kopfschüttelnd. „Du hast mich aufgeweckt." Damit drehte er sich um, aber der Mann konnte lange keinen Schlaf finden. Die Freude in den Worten seiner Frau wollte ihm einfach nicht aus dem Sinn gehen.

„Geh doch ans Meeresufer", sagte die Frau am Morgen. „Vielleicht war es ja doch kein Traum." – „Ach, das glaubst du doch selbst nicht!" wiegelte der Mann ab. Die Frau aber ließ nicht locker. „Nun zier dich nicht so! Das Meer wird dich schon nicht verschlingen. Vielleicht will Allah uns auf diese Weise glücklich machen." Weniger aus Überzeugung als vielmehr um des lieben Friedens Willen machte sich der Mann schließlich auf den Weg ans Meer. Von einer Seejungfrau war freilich weit und breit nichts zu sehen. „Na, wenn ich schon mal hier bin, kann ich auch ein wenig spazieren gehen" dachte er bei sich. Während er nun so am Ufer entlang wanderte, entdeckte er plötzlich ein merkwürdiges Gebilde auf den Wellen schwimmen. Als er näher kam, sah er, dass es ein fest verschlossener Topf war. Jetzt wurde es dem Mann aber doch mulmig zumute. Mit klopfendem Herzen fischte er den Topf aus dem Wasser, sandte ein Gebet zu Allah und löste mit einigen Schwierigkeiten die Schnüre, die den Deckel an seinem Platz hielten. Vorsichtig hob er den Deckel – und hätte den Topf vor Überraschung beinahe fallen gelassen. Tränen der Freude rollten ihm über die Wangen, denn in dem Topf lagen zwei neugeborene Kinder – ein Junge, und ein Mädchen.

Stellt euch vor: Achmed Aga, der reiche, würdevolle Achmed Aga, tanzte und hüpfte vor Freude wie ein kleines Kind. Endlich beruhigte er sich ein wenig. „Was meine liebe Frau sagen wird!" dachte er, während er die Kleinen in seinen Mantel wickelte. So rasch er konnte, lief er mit seiner kostbaren Last nach Hause. Die Freude der guten Frau war mindestens genau so groß wie die ihres Mannes. Ach, war das ein Jubel, war das ein Lachen in ihrem Hause! Sie herzte und küsste die Kleinen in einem fort, bis die

Geschwister mit lautem Krähen ihren Hunger verkündeten.

„Wir brauchen schnell eine Amme!" drängte die Frau. Sofort hastete Achmed Aga hinaus, um eine Amme zu suchen. Das war gar nicht so einfach, denn eine Amme muss, wie ihr wisst, ja auch Milch haben, um die Kinder zu stillen. Endlich hatte Achmed Aga eine Frau gefunden, die für viel Geld bereit war, ihnen aus ihrer Not zu helfen. Am nächsten Tag fand er noch eine zweite Amme, und von nun an hatten die Geschwister Nahrung genug.

Zur gleichen Zeit lebte in einer anderen Stadt auch ein Mann, der zwar eine Frau, aber keine Kinder hatte. Während Achmed Aga und seine Frau sehr glücklich zusammen lebten, scheint es um den Ehesegen dieses Paares nicht sonderlich gut bestellt gewesen zu sein. Die Frau war zänkisch und bereitete ihrem Mann mehr als genug Ärger. Das Bett teilten sie schon lange nicht mehr miteinander. Da aber jeder Mensch sich nach Zärtlichkeit sehnt, kaufte der Mann sich ein Mädchen und machte sie zu seiner Konkubine. In ihren Armen fand er endlich das, was er bei seiner Frau vergeblich suchte. Letztere hätte der Nebenbuhlerin am liebsten die Augen ausgekratzt; nur die Furcht vor ihrem Mann hielt sie davon zurück, das Mädchen zu ermorden. Ihr könnt euch gar nicht vorstellen, was die Ärmste alles erdulden musste, wenn der Mann nicht im Hause war! Anders als die Hausfrau war das Mädchen tugendsam und bescheiden. Nie beklagte sie sich über die erlittenen Misshandlungen und Beleidigungen, die noch zunahmen, als sich ihr Leib rundete. Wie hätte sie auch ahnen können, welch' finstere Gedanken sich im Kopf der Hausfrau zusammenballten! „Wenn das Kind zur Welt kommt", dachte diese, „wendet sich mein Mann gänzlich von mir ab. Und wenn er dann stirbt, fällt sein ganzes Vermögen an das Kind und ich kann betteln gehen! Nein, das darf nicht sein!"

Sie ging zu einer Zauberin in der Nachbarschaft und erzählte ihr alles brühwarm. Die Alte, die von solchen Sachen lebte, sagte: „Mach dir darüber keine Sorgen, meine Tochter, dem ist leicht abzuhelfen. Ich brauche dazu nur drei- oder viertausend Piaster." – „Ich gebe dir sogar fünftausend, wenn du mir hilfst!" rief die Frau. Die Alte rieb sich in Gedanken die Hände. Das war leicht verdientes Geld! „Gut, gut. Rufe mich, wenn die Wehen einsetzen." Etwas beruhigt ging die Hausfrau nach Hause. Die Alte aber ging zur Hebamme und heckte mit ihr einen heimtückischen Plan aus.

Am anderen Tag krümmte sich die junge Frau vor Schmerzen; die Wehen hatten eingesetzt. „Ich weiß in der Nähe ein Weib, das schon viele Geburten miterlebt hat", sagte die Hausfrau in geheuchelter Sorge. „Wäre es nicht gut, sie holen zu lassen?" Der aufgeregte Vater hielt das für eine sehr gute Idee, und so eilte die Hausfrau zu der Alten. Die hatte schon alles vorbereitet und nahm auch die Hebamme samt deren Tasche mit. In der Tasche aber steckte, damit ihr's wisst, eine tote Schlange.

Nichtsahnend ließ der Mann die drei Frauen mit der werdenden Mutter allein. Als die junge Frau nach vielen Stunden ein Mädchen und einen Jungen zur Welt brachte, steckte die Hebamme die armen Würmchen in einen Topf und legte die tote Schlange in die Wiege. Den Topf aber warf die Hausfrau ins Meer. Dann eilte die Alte hinaus, um dem Vater die schlimme Kunde zu bringen, dass seine Konkubine „ein Übel" geboren habe.

Hilflos hatte das unglückliche Mädchen alles mit ansehen müssen, doch das Verbrechen war so unvorstellbar für sie, dass sie glaubte, alles sei nur ein Albtraum. Wer weiß, vielleicht hätte sie diesmal sogar ihr Schweigen gebrochen, wenn sie nur die Chance dazu bekommen hätte. Aber dazu sollte es nicht kommen: Der Mann war so wütend, dass er sie in Schimpf und Schande aus dem Hause jagen ließ. Weinend zog das Mädchen, mit nichts als ein paar Lumpen bekleidet, in die Welt hinaus. Den ganzen Tag wanderte sie, ohne zu wissen, wohin. Dann brach die Dunkelheit herein. Das arme Mädchen war völlig verzweifelt. Furcht klammerte sich wie eine eiserne Faust um ihr Herz. Sie war am Ende ihrer Kräfte, und als sie weinten, waren ihre Tränen nicht aus Wasser, sondern aus Blut. „Oh Allah", flehte sie, „hilf mir! Weise mir den Weg!" Endlich sah sie in der Dunkelheit die Umrisse eines Baumes. In seinen Ästen fand sie Schutz vor den wilden Tieren der Nacht. Müde und erschöpft schlief sie ein. Am nächsten Morgen wanderte sie weiter, doch ihre Kräfte schwanden rasch. Als sie schon fast zusammenbrach, sah sie in einiger Entfernung eine Schafherde. „Vielleicht bekomme ich dort etwas Brot", dachte sie und taumelte mit letzter Kraft weiter.

Der weißbärtige Schäfer erwiderte den Gruß des Mädchens freundlich und fragte dann: „Woher kommst du, Töchterchen?" Da erzählte ihm das Mädchen schluchzend sein Leid. Mitleidig musterte der Alte das Häufchen Elend. Er hatte zwar selbst nicht viel, aber gebot Allah nicht Barmherzigkeit? So teilte er sein Brot mit ihr und führte sie in die Hütte, wo er mit seiner Frau, seinem Sohn und seiner Tochter wohnte. Hier erfuhr das Mädchen das erste Mal in seinem jungen Leben Geborgenheit, denn die guten Leute nahmen sie in ihre Familie auf.

Viele Jahre vergingen, und mit der Zeit vergaß das Mädchen, was sie erlitten hatte. Den Verlust ihrer Kinder aber konnte sie nicht vergessen. Oftmals weinte sie ganze Nächte lang, und dann gab es nichts, was sie zu trösten vermochte. Wie hätte sie auch ahnen können, dass ihre Kinder nicht tot waren, sondern liebevolle Eltern gefunden hatten? Sie gingen zur Schule, und während das Mädchen immer schöner wurde, war der Knabe stärker als alle Kinder der Nachbarschaft zusammen. Eines Tages – es mochten etwa 13 oder 14 Jahre verstrichen sein – spielte der Knabe mit den Nachbarsjungen. Die aber beneideten ihm wegen seiner Kraft und wiesen ihn mit den Worten: „Geh weg, du hat ja nicht einmal richtige Eltern! Achmed Aga hat dich am Meeresufer gefunden!" fort. Der arme Knabe blieb wie vom Donner gerührt stehen. Bis zu diesem Augenblick hatte er nicht eine Sekunde lang gezweifelt, dass Achmed Aga sein Vater und seine Frau seine Mutter waren! Heulend eilte er nach Hause. „Mutter!" klagte er. „Die Jungs haben gesagt, ihr hättet mich am Meer gefunden!" Die arme Hausfrau konnte ihren Schrecken kaum verbergen. „Lass sie, die sind nur neidisch!" sagte sie mit mühsam erzwungener Ruhe. „Sie lügen!"

In der folgenden Nacht träumten die Geschwister von der Schäferhütte, wo ihnen ihre Traummutter erzählte, was geschehen war. „Ich habe heute Nacht etwas ganz Seltsames geträumt", sagte das Mädchen am Morgen und erzählte ihrem Bruder den Traum. „Ich habe dasselbe geträumt! rief der Knabe. „Dann stimmt es also doch, was die anderen gesagt haben! Lass uns zu Achmed Aga gehen!" Als die Geschwister dem Mann, den sie bisher für ihren Vater gehalten hatten, von ihrem Traum erzählten, wurde Achmed Aga sehr traurig. „Es stimmt!" sagte er wehmütig. „Ich habe euch vor vierzehn Jahren in einem Topf gefunden, den das Meer ans Ufer spülte. Ich weiß nicht, wo eure Mutter ist."

Für die Geschwister brach eine Welt zusammen. Der Gedanke, dass sie hier in Wohlstand und Glück lebten, während ihre arme Mutter in einer Hütte hauste, ließ sie schier verzweifeln. Sie weinten und weinten, und konnten sich gar nicht beruhigen. Endlich hatte der Jüngling einen Entschluss gefasst. Er musste die Mutter finden, um jeden Preis! Seine Schwester ließ er bei jenen Leuten zurück, die sich all die Jahre hinweg so liebevoll um sie gekümmert hatten.

So schnell ihn seine Füße trugen, eilte der Jüngling durch die Welt, weit fort an jenen Ort, den seine arme Mutter ihm im Traum gewiesen hatte. Er spürte weder Hunger noch Furcht, sondern wanderte unermüdlich vorwärts und legte an einem Tag so viele Meilen zurück, wie andere an fünf Tagen zurücklegten.

Eines Tages, als er so durch die Berge eilte, versperrte ihm ein siebenköpfiger Drache den Weg. Für einen Augenblick erschrak der tapfere Jüngling. Dann aber dachte er an seine Mutter, gab einen Schrei von sich, der Berge und Felsen erzittern ließ und schleuderte einen Stein mit solcher Gewalt, dass der Drache rücklings zu Boden stürzte. „Wenn du ein Mann bist, so schleudere noch einmal!" krächzte der schwer getroffene Drache. Der Jüngling aber hatte in der Schule gut aufgepasst und erwiderte: „Meine Mutter hat mich auch nur einmal geboren!" Darauf hauchte der Drache sein Leben aus, und der Jüngling setzte seinen Weg fort.

Nach langer Wanderung erreichte er das Tal, in dem seine Mutter eine Nacht auf dem Baum verbracht hatte. Hier endlich forderte der Schlaf, den er so lange zurückgedrängt hatte, seinen Tribut. Müde ließ sich der Jüngling im Schatten des Baumes nieder und war im Nu eingeschlummert. Während er ahnungslos schlief, erfuhr der Bruder des getöteten Drachen, was geschehen war und machte sich auf, den Toten zu rächen. Dumm nur, dass er so groß und gewaltig war, dass die Berge unter seinen Schritten erzitterten. Die vermeintlichen Erdbeben weckten schließlich auch den Jüngling – gerade noch rechtzeitig, denn schon kam der Drache herangeschossen, doppelt so groß wie der, den er getötet hatte. „Du bist bestimmt derjenige, der meinen Bruder auf dem Gewissen hat!" schnaubte das Ungeheuer. „Jetzt bist du an der Reihe!" Der Jüngling konnte sich gerade noch bücken, um dem Feuerschwall zu entgehen. Dann packte er den Arm des Drachen und riss so gewaltig daran, dass – glaubt es oder glaubt es nicht! – er den ganzen Arm herausriss! Blutüberströmt brach der Drache zusammen und hatte nicht einmal die Kraft für das obligatorische „Schlag noch einmal zu, wenn du ein Mann bist!" Stattdessen brummelte er etwas wie: „Wer mein Leben genommen hat, dem gehören meine Schätze!" und schleppte sich mit letzter Kraft zu seiner Höhle. Dort verendete er.

Der Jüngling aber war ihm gefolgt. Neugierig betrat er die Höhle. Dort fand er eine Treppe, die in einen herrlichen Seraj hinabführte. In einer Stube aber ... Der Jüngling glaubte zu träumen! Dieses wunderschöne Wesen auf dem Thron konnte doch unmöglich ein Menschenkind sein! Auch das Mädchen hatte sich sofort in den unverhofften Besucher verliebt. Dann aber schoss ihr ein schrecklicher

Gedanke durch den Kopf: „Wie kommst du in den Palast des *atemlosen Drachen*?" fragte sie voller Angst. „Wenn er dich hier sieht, tötet er uns beide mit seinem bloßen Blick!" – „So also nannte er sich?" gab der Jüngling verwundert zurück. „Keine Angst, den sind wir los! Da draußen liegt seine Leiche! Aber lass uns gehen, ich habe noch etwas anderes zu erledigen!" Das Mädchen freute sich sehr, als sie vom Tod ihres Herren hörte. Dann führte sie den Jüngling durch alle vierzig Zimmer des Seraj. Dort hatte der Drache alles, was er im Laufe der Jahre an Gold, Silber, Diamanten und anderen Schätzen zusammen-geraubt hatte, gehortet. Der Jüngling aber hatte für all diesen Reichtum keinen Blick. „Liebste, sei mir nicht böse, aber die Schätze können warten. Zuvor muss ich etwas Wichtiges erledigen! Ich verspreche dir: wenn ich damit fertig bin, kommen wir zurück und nehmen uns so viel, wie wir wollen."

Sehr zur Freude des Mädchens mussten sie nicht mehr lange laufen, bis sie die Schäferhütte, die der Jüngling im Traum gesehen hatte, erreichten. Hin und hergerissen zwischen Freude und banger Erwartung klopfte er an. Seine Mutter war gerade mit Waschen beschäftigt. Als sie die Tür öffnete, warf sich der Jüngling an ihren Hals und begann zu weinen wie ein kleines Kind. Auch die Mutter hatte in dem Fremden sofort ihren verloren geglaubten Sohn erkannt. Die Freude über das unerwartete Wiedersehen ließ sie taumeln, und sie wäre wohl gar gefallen, wenn nicht die starken Arme des Jünglings sie gehalten hätten. Mittlerweile war auch die Schäfersfrau herbeigeeilt, und nun war die Freude groß.

Am nächsten Morgen führte der Jüngling die guten Leute zu dem Seraj des Drachen. Der Schäfer hatte sich aus der

Nachbarschaft Esel und Pferde ausgeliehen. Die bepackten sie mit den Schätzen, und dann eilten sie so schnell sie konnten in jene Stadt, in der Achmed Aga und die Schwester des Jünglings warteten. Den Jubel, der durch die Straßen der Stadt hallte, könnt ihr euch vorstellen. Achmed Aga und seine Frau waren überglücklich, hatten sie doch neben ihren geliebten Adoptivkindern auch noch deren leibliche Mutter, einen tüchtigen Schwiegersohn und eine wunderschöne Schwiegertochter bekommen. Einen Schwiegersohn? Ja, ihr habt richtig gehört, denn die Schwester des Jünglings heiratete des Sohn des Schäfers. Und dann? Ja dann lebten sie alle glücklich und zufrieden bis ans Ende ihrer Tage.

VOM DUMMEN PETER

Es war einmal, irgendwo, irgendwann, eine Witwe, die lebte mit ihren beiden Kindern – einem Mädchen und einem Jungen – in einem kleinen Häuschen. Das Mädchen verhätschelte sie nach Strich und Faden, den Knaben aber ... nun, er war ein männliches Aschenputtel. Nicht einmal einem Hund hätte man ein solches Leben zugemutet! Der bekam wenigstens frisches Stroh zum Schlafen; Peter aber musste mit trockenen Blättern vorliebnehmen. Und wie die kratzten! Im Haus durfte er schon gar nicht schlafen – der morsche Stall war gut genug für diesen Tunichtgut, fand die Witwe. Dummer Peter nannte sie ihn! Nichtsnutz! Tunichtgut! Dabei war er es, der alle Arbeit verrichten musste. Den ganzen Tag plagte er sich ab, holte Holz aus dem Wald, trieb die Kühe auf die Weide, scheuerte das Haus, wusch ab, schälte Kartoffeln, ging zum Markt, und wenn er Abends todmüde in den nassen, kalten Stall schlich, hörte er doch nur Beschimpfungen wie: „Du fauler Esel! Du Taugenichts! Beim Arbeiten bist du der Letzte, aber beim Fressen bist du der Erste!"

Trotz des boshaften Schimpfnamens, mit dem er von Mutter und Schwester bedacht wurde, war Peter alles andere als einfältig. Wenn man ihn überhaupt als dumm bezeichnen konnte, dann nur deshalb, weil er sich alle Demütigungen mit unendlicher Geduld gefallen ließ. Aber wie heißt es so schön? Der Krug geht so lange zum Brunnen, bis er bricht, und so kam der berühmte Tropfen, der das Fass zum Überlaufen brachte. „Das kann nicht mehr so weiter gehen!" dachte Peter. „Ich schufte wie ein Pferd und ernte dafür nichts als Schläge und Beschimpfungen. Ich werde fortgehen!" Als er keine zwei Stunden später erneut unverdient Prügel einheimste, sagte er zu seiner Mutter: „Wenn ich ohnehin hier nur das fünfte Rad am Wagen bin, kann ich genau so gut in die Welt hinausziehen." Die Witwe stutzte. Wurde der dumme Peter etwa gar aufmüpfig? „Gut", sagte sie schließlich. „Es wird ohnehin Zeit, dass du dir dein Brot woanders suchst. Hier hast du einen kleinen Hammer. Mehr kann ich dir nicht mitgeben. Und nun geh." Peter nahm das Hämmerchen und machte sich auf den Weg.

Nach etlichen Tagen erblickte er aus der Ferne ein großes Schloss. Vielleicht sucht man dort einen Knecht? dachte er, und wandte seine Schritte in Richtung Schloss. Beim Näherkommen sah er an einem der Fenster drei wunderschöne Mädchen. Auf sein Klopfen öffneten sie das Tor und fragten nach seinem Woher und Wohin. „Ich bin von zu Hause weggegangen, weil meine Mutter zu arm war, um uns alle drei zu ernähren." – „Wie ist dein Name? Was für ein Handwerk verstehst du?" – „Zu Hause nannten mich alle nur den dummen Peter, obwohl ich gar nicht dumm bin ... glaube ich zumindest. Und mein Handwerk? Na ja, ich habe immer die Kühe gehütet." Die Mädchen klatschten erfreut in die Hände. „Das ist ja fabelhaft! Wir suchen nämlich gerade händeringend nach einem Kuhhirten. Wenn du willst, kannst du in unsere Dienste treten." Und ob Peter wollte! Als die Mädchen ihm dann auch noch eine gute Mahlzeit vorsetzten, war sein Glück perfekt. „Besser hätte ich es gar nicht treffen können!" dachte er. „Hier will ich bleiben."

Am nächsten Morgen gaben ihm die Mädchen reichlich Butterbrot. Einen Teil aß er, den Rest nahm er mit auf die Weide. Als er die Kühe am Abend heimtreiben wollte, sah er einen vornehm gekleideten Reiter näherkommen. Der Fremde kam schnurstracks auf ihn zugeritten und fragte mit grimmiger Miene: „He du, was hast du hier zu suchen?" Peter aber ließ sich weder von seiner silbern strahlenden Rüstung noch von dem finsteren Blick des Fremden beeindrucken, sondern zuckte nur mit den Schultern und meinte: „Das geht Euch nichts an!" Na, da hättet ihr sehen müssen, wie dem Herrn die Zornesröte ins Gesicht stieg. „*Was???*" schrie er. „Das geht mich nichts an? Wart', dich will ich lehren!" Damit zog er seinen Säbel und stürzte auf Peter los, als wenn er ihn tot schlagen wollte. Der jedoch war nicht so wehrlos, wie der Angreifer dachte. Er zog sein Hämmerchen heraus und schlug dem aggressiven Kerl den Schädel ein, so dass der Fiesling mausetot vom Pferd fiel. „Das hast du nun davon!" meinte der dumme Peter, band das Pferd am Hirtenhäuschen fest, zog dem Toten die silbernen Kleider aus und warf die Leiche in den Fluss. Dann versteckte er die Kleider und trieb die Kühe heim, als ob nichts gewesen wäre.

„Seht ihr, was ich sehe?" rief eines der Mädchen, als sie Peter mitsamt den Kühen näherkommen sah. Aufgeregt starrten die drei Schönen in die tiefer werdende Dunkelheit, denn wann immer sie bisher einen Hirten am Morgen hinausgeschickt hatten, waren die Kühe am Abend alleine zurückgekehrt. „Der dumme Peter ist da!" riefen sie und stürzte alle drei zugleich zum Tor. Jede wollte die erste sein, um ihn zu begrüßen. Die Mädchen bestürmten den Burschen mit Fragen. Peter aber schwieg, und das fiel ihm alles andere als leicht. Peter schwitzte Blut und Wasser, aber am Ende gaben die Mädchen auf, ihn mit Fragen zu bestürmen und ließen ihn die Kühe in den Stall treiben. Danach gab es ein köstliches Mahl, und Peter war wieder glücklich und zufrieden.

Am nächsten Morgen packte er sein Brot ein und trieb die Kühe wieder hinaus auf die Weide. Mit Tränen in den Augen sahen die Mädchen ihm nach. Sie hatten ihn lieb gewonnen, diesen seltsamen, naiven und doch ganz und gar nicht dummen Burschen und fürchteten, ihn zu verlieren. Peter indes ahnte von alldem nichts. Er hütete gemütlich die Kühe, trieb sie am Abend zusammen und wollte sich gerade auf den Heimweg machen, als ...Richtig geraten! Genau wie am Vortag galoppierte ein Finsterling auf ihn zu und schrie ihm schon von Weitem zu: „Was machst du hier, Bursche?" Peter vergewisserte sich, dass sein Hämmerchen an Ort und Stelle steckte, musterte den ganz in Gold gekleideten Widerling von Kopf bis Fuß, zuckte mit den Schultern und erwiderte gleichgültig: „Das geht Euch nichts an."

„*Was sagst du da?*" schrie der Widerling, wobei ihm die Zornesader so sehr schwoll, dass Peter meinte, sie würde jeden Augenblick platzen. „Na warte, Ich werd' dich lehren!" Mit gezücktem Säbel stürmte er auf den vermeintlich wehrlosen Hirten los. Der aber, nicht faul, zog sein Hämmerchen und erschlug den Angreifer. Dann fing er das Pferd ein, erleichterte den Toten um dessen kostbare Kleidung (die brauchte er jetzt ohnehin nicht mehr), versteckte die Kleider und warf die Leiche in den Fluss. Anschließend zog er mit den Kühen heimwärts, als ob nichts gewesen wäre. Die Mädchen waren vor Freude ganz aus dem Häuschen, als sie ihn kommen sahen. Aufgeregt wie eine Herde schnatternde Gänse rannten sie ihm entgegen und bestürmten ihn mit Fragen. Peter wurde ganz heiß und kalt, doch er verriet auch diesmal kein Sterbenswörtchen, bis die Mädchen ihn schließlich die Kühe in den Stall treiben ließen.

Am Morgen des dritten Tages wollten ihn die Mädchen gar nicht fortlassen, so sehr fürchteten sie, ihn zu verlieren. Peter aber tat, als wäre in den letzten Tagen nichts geschehen, nickte seinen schönen Herrinnen freundlich zu, nahm sein Butterbrot und trieb die Kühe hinaus auf die frischen Weiden. Als die Sonne unterging und er die Kühe eben zusammengetrieben hatte, sah er, wie sich in der Ferne eine Falltür öffnete und ein Reiter hervorpreschte, dessen Kleider über und über mit Diamanten besetzt waren. Peter merkte sich die Stelle gut und wartete, bis der Fremde ihm das fast schon gewohnte *„Was hast du hier zu suchen?"* entgegen schrie, worauf Peter die ebenfalls schon bekannte Antwort „Das geht Euch nichts an!" gab. Wenige Augenblicke später folgte der Diamantentyp seinen finsteren Vorgängern ins Jenseits. Peter erleichterte den Toten um seine kostbaren Kleider, warf die Leiche in den Fluss und band das Pferde neben den anderen beiden fest. Nun hätte der dumme Peter aber doch zu gern gewusst,

was hinter der Falltür war! „Die Kühe können wohl noch ein wenig warten", dachte er und ging auf die Stelle zu, wo er die Falltür gesehen hatte. Hinter der gut getarnten Tür entdeckte er eine Treppe, die in einen großen Saal hinabführte. In diesem hingen die prächtigsten Kleider, die man sich vorstellen konnte. Peter aber dachte nur: „Was brauche ich diese Klamotten? Ich habe schon drei solcher Röcke oben hängen", und betrat den nächsten Saal. Dort stand eine Tafel, die eines Königs würdig gewesen wäre. Peters Magen begann angesichts dieser Köstlichkeiten vernehmlich zu grummeln. „Na, das gefällt mir doch schon viel besser!" lachte er und griff kräftig zu. Nachdem er sich rundum satt gegessen hatte, schaute er sich weiter um und entdeckte in einer Ecke ein kleines, eisernes Türchen. „Wollen doch mal sehen, ob..."
Aber das Türchen war verschlossen, und so sehr Peter auch suchte, er konnte keinen Schlüssel entdecken. So sehr er auch daran rüttelte, so sehr er auch mit dem Fuß dagegen stieß – das Türchen blieb zu. „Willst du wohl aufgehen, du blödes Ding!" Fluchend zog Peter sein treues Hämmerchen und schlug zu. Diesem Wutanfall hatte die arme Tür nichts entgegenzusetzen und sprang in etliche Stücke. Aber auch Peter musste springen – zur Seite nämlich, denn der Raum hinter dem Türchen war randvoll mit Geld, und das rollte ihm jetzt entgegen. „Das kann doch nicht wahr sein!" rief Peter und rieb sich die Augen. Ungläubig strich er mit den Händen über die blanken, kalten Münzen, tauchte bis zu den Ellenbogen darin ein ... Es war kein Traum! Jetzt kannte Peters Freude keine Grenzen mehr. Er lachte und hüpfte vor Freude und warf sich schließlich mit seinem ganzen Körper in den Geldhaufen. Letzteres erwies sich indes als keine gute Idee, denn so schön die Goldmünzen

auch waren, so hatten sie doch einen Nachteil: Sie waren hart – verdammt hart! Mit schmerzenden Gliedern und jubelndem Herzen kehrte Peter zu seiner Herde zurück. „Oh ihr Lieben! Oh ihr Gehörnten! Kommt her, lasst euch drücken!" rief er. Er jubelte und jauchzte, hüpfte und kugelte sich im Gras herum und blieb schließlich völlig außer Atem liegen. Da erst fiel ihm ein, dass es höchste Zeit war, das Vieh nach Hause zu treiben. Rasch rappelte er sich auf und wollte das Versäumte nachholen, als ihm noch ein Gedanke kam...

Die armen Mädchen hatten währenddessen voller Angst auf die Rückkehr ihres geliebten Kuhhirten gewartet. Schon war die Dämmerung hereingebrochen, und noch immer gab es keine Spur von ihm. „Jetzt kommt er gewiss nicht mehr!" schluchzten sie. Als dann auch noch die Kühe alleine in den Hof trampelten, ließen sie ihren Tränen freien Lauf. „Ach, er ist tot!" riefen sie. „Der arme, dumme, liebe Peter ist tot!"

Tieftraurig führten sie die Kühe in den Stall. Da klingelte plötzlich das Glöckchen an der Tür. Erstaunt ließen die Mädchen den fremden Herrn n seinen über und über mit Diamanten besetzten Kleidern ein. „Bleibt doch über Nacht bei uns und leistet uns ein wenig Gesellschaft." Sie setzten ihm eine herrliche Mahlzeit vor und unterhielten sich. Der Fremde kam ihnen irgendwie bekannt vor, doch woher? Endlich wagten sie, nach seinem Namen zu fragen. „Haha, das ist gut!" lachte der Fremde. „Kennt ihr mich denn nicht mehr? Ich bin es, der dumme Peter!" – „Ist das möglich?" riefen die Mädchen. „Der dumme Peter?" – „Ja, gewiss doch, der dumme Peter!" jubelte der feine Herr und bekräftigte es mit einem lustigen Sprung. Dabei lachte er, dass sein kleines Bäuchlein nur so wackelte. Jetzt kannte die Freude keine Grenzen mehr. Die Mädchen fielen ihm um den Hals und drückten ihn fast zu Tode vor Freude. Dann bestürmten sie ihn mit Fragen. Wieder und wieder musste er ihnen alles erzählen. Die Mädchen kamen aus dem Staunen gar nicht mehr heraus. Dann kam der Moment, vor dem der tapfere, unerschrockene Peter die größte Angst hatte. Mehrmals setzte er zum Sprechen an, bis ihm die entscheidenden Worte aus dem Mund kamen: „Willst du meine Frau werden?" fragte er die Älteste. Dass das Mädchen nicht nein sagte, könnt ihr euch denken. Ein paar Tage später wurde Hochzeit gefeiert. Danach hatte Peter alle Hände voll zu tun: Sieben Nächte lang musste er fahren, um mit seinem zweispännigen Wagen alles Gold aus der unterirdischen Kammer zu schaffen!

Von nun an lebte er mit seiner Frau und ihren Schwestern glücklich und zufrieden auf dem Schloss. Nach einiger Zeit jedoch packte ihn die Neugier. „Ich will doch mal sehen, wie es um meine Familie steht", sagte er zu seiner Frau. „Was hältst du von folgender Idee: Ich geh' mit meinem alten, schlechten Kleidern voraus, du kommst mit einer schönen Kutsche hinterher. Vor der Hütte tust du, als ob ein Rad gebrochen wäre und bittest um ein Nachtlager." Das Mädchen grinste. Die Idee gefiel ihr hervorragend. Peter zog also seine alten Kleider an und wanderte nach Hause. Wer nun etwa geglaubt hätte, Mutter und Schwester hätten sich über seine Rückkehr gefreut, täuscht sich. Von Wiedersehensfreude war nicht mal eine Spur vorhanden. Im Gegenteil: „Du fauler Kerl, bist du wieder da und willst uns die Haare vom Kopf fressen?" schrie die Witwe anstelle einer Begrüßung. „Scher dich fort, oder wir werfen dich zur Tür hinaus!" – „Ach, nehmt mich doch um Gottes Willen wieder auf", jammerte Peter. „Ich sterbe vor

Hunger und kann nirgends mein Brot verdienen. Ich verrichte alle Arbeiten, die ihr mir gebt, nur lasst mich nicht so jämmerlich verhungern." Die Alte musterte den ungeliebten Sohn missmutig. Peter mochte ein Tunichtgut sein, aber verhungern lassen wollte sie ihn auch nicht. „Nun gut", knurrte sie schließlich. „Komm rein. Aber denke nicht, dass du dein Fressen umsonst kriegst. Hier, damit kannst du schon mal anfangen." Mit diesen Worten stellte sie einen Korb Kartoffeln vor ihn hin, und Peter machte sich fleißig ans Schälen.

Einige Minuten später hielt eine prachtvolle Kutsche vor der Hütte, aus der eine kostbar gekleidete, wunderschöne Frau stieg. Die Witwe und ihre Tochter sprangen eilfertig zur Tür und fragten die Frau unter vielen Verbeugungen und Knixen, ob sie ihr aufwarten könnten. „Ach", erwiderte diese, „ich wollte Euch nur fragen, ob ich hier ein wenig verweilen dürfte. Ein Rad an meiner Kutsche ist zerbrochen, und ich kann nicht weiterreisen." – „Oh Gott, gewiss, gnädige Frau", riefen die beiden. „Kommt nur herein und setzt Euch, gnädige Frau. Wir stehen Euch ganz zu Diensten." Als die gnädige Frau in die Stube trat huschte die Witwe an ihr vorbei, packte ihren Peter am Kragen und warf ihn mit den Worten: „Weg mit deiner Sauerei, du Schmierlapp! Die gnädige Frau soll dich nicht sehen!" zur Küchentür hinaus. Der dumme Peter ließ das alles stillschweigend über sich ergehen, während er sich insgeheim ins Fäustchen lachte. Das lief ja besser als erwartet!

„Es ist schon spät", sprach die gnädige Frau nach einer Weile. „Ich glaube kaum, dass meine Kutsche heute noch fertig wird. Ob ich dich Nacht wohl hier bleiben könnte?" „Gott gewiss, mit dem größten Vergnügen, gnädige Frau!"

beteuerte die Alte. „Wenn Ihr mit unserer bescheidenen Hütte vorlieb nehmen wollt, wäre das für uns die größte Ehre. Nur vergebt uns, dass wir Euch kein Mahl anbieten können, wie es Euch gebühren würde, denn wir sind arme Leute."

Anschließend holte die Witwe das Beste heraus, was ihre Vorratskammer zu bieten hatte und bat zu Tisch. Da saßen sie nun: die Witwe und ihre Tochter, und natürlich die gnädige Frau. Nur der dumme Peter durfte nicht mit den anderen bei Tische sitzen – er musste alleine in der Küche hocken und sich mit hartem Butterbrot begnügen. Als sie nun alle beim besten Schmausen waren, schlich er sich herein und packte sich mit seiner schmutzigen Hand eine Kartoffel vom Teller der gnädigen Frau. Die Witwe bekam fast einen Herzanfall! „Hat denn die Welt so eine Frechheit schon gesehen!" schrie sie und wollte Peter mit dem großen, hölzernen Schöpflöffel eins auf die Finger geben. „Ach, lasst ihn doch", beschwichtigte die gnädige Frau. „Das ist doch nicht so schlimm!" Die Alte aber war nicht zufrieden, im Gegenteil: Sie packte den dummen Peter am Ärmel, versetzte ihm ein paar derbe Puffe und schickte ihn dann auf seine alte Schlafstatt im Stall, deren Blätter mittlerweile halb verfault waren.

Am anderen Morgen lief die Schwester schon bei Sonnenaufgang zu ihm und rief vor der Tür: „He, du Faulenzer! Steh auf und mahl Kaffee!" Keine Antwort. Die Schwester öffnete das Ställchen, um den Faulpelz zu wecken, aber die Schlafstelle war leer! Nun, dann blieb er nichts anderes übrig, als den Kaffee selber zu mahlen. Missmutig trabte sie in die Hütte zurück.

Eine Stunde später war der Kaffee fertig und die Schwester klopfte an das Schlafzimmer, um die gnädige Frau aufzuwecken. Keine Antwort. Wieder klopfte sie. Keine Antwort. Vorsichtig öffnete sie die Tür einen Spalt breit – und prallte entsetzt zurück. „Mutter!" schrie sie. „Guter Gott, Mutter! Ein furchtbares Unglück ist geschehen! Der dumme Peter hat sich bei der gnädigen Frau ins Bett gelegt!" – „Waaaas?" Die Alte brauste wie eine Furie heran und schwang einen großen Holzscheit, mit dem sie den missratenen Sohn totschlagen wollte. Das wäre ihr wohl auch gelungen, wenn die gnädige Frau ihr nicht in den Arm gefallen wäre. „Du Miststück! Du Hund!" schrie die Witwe und setzte zu einer Schimpfkanonade an, wie die Welt sie noch nie gehört hatte.

Da aber fing der dumme Peter plötzlich an zu lachen, und zwar so laut, dass die Alte verblüfft verstummte. „Eh, Mutter!" prustete er. „Seit wann darf ein Mann nicht mehr bei seiner Frau schlafen?" Um Nichts in der Welt hätte Peter sich diesen Moment entgehen lassen wollen. Die Gesichter seiner beiden „Frauen" waren sehenswert! Den beiden blieb im wahrsten Sinne des Wortes der Verstand stehen. Endlich bequemte sich der gar nicht so dumme Peter, sie aus ihrer Seelenpein zu erlösen. Abwechselnd mit seiner Frau erzählte er ihnen, wie es ihm ergangen war, und je länger er erzählte, desto mehr schämten sich Mutter und Schwester, weil sie ihn all die Jahre so schlecht behandelt hatten. Peter aber war im Grunde genommen ein sehr gutmütiger Mensch, der nicht nachtragend sein konnte. „Eigentlich", lachte er, „habe ich mein ganzes Glück nur dem Hämmerchen zu verdanken, das du mir gegeben hast, Mutter", sagte er. Dann ließ er den beiden ein prächtige Haus erbauen und gab ihnen so viel Geld, dass sie zufrieden leben konnten. Er selbst aber zog mit seiner Frau aufs Schloss zurück.

www.ingramcontent.com/pod-product-compliance
Lightning Source LLC
LaVergne TN
LVHW011011200726
843509LV00011B/1062